书香政协

政协委员
读书笔记

以诗词养性情

蒋定之诗词选

蒋定之　著

中国文史出版社

字里行间寄丹心

叶小文

全国政协十三届五次会议期间，住北京友谊宾馆"闭环管理"数日，开会、讨论、吃饭、散步，与政协委员也是线上读书讨论常相会的书友，从"键对键"到"面对面"，朝夕相处，竟与久闻大名、素仰已久的诗词大家蒋定之委员相遇。我笑言，"过去只在报上读您的诗词，暗叹功夫了得，这回'看到活佛真身'了。"双方都带着手机，遂互相加了微信。为了向他索要诗词先睹为快，我从微信发了一段仿诗词的长短句给他：

闭环群中散步，时有好友相顾。隔窗闻吟诗，

曾见李杜在否？在否？在否？定之句中可数。

定之即将他的一本诗稿赠我"指正"，并从微信转来了他与同样热衷诗词的一位署名柳千岸的同志之应和，

读来感人至深。虽是两人私信，我感到这段佳话如藏之深山，实在可惜。遂不揣冒昧，未经二人同意，发到"政协委员读书漫谈"群里，与爱好诗词的书友共赏。

七　律·读蒋定之诗稿

柳千岸

惜伤天籁碍君行，

垂袖归来又一春。

岁月如丝织练锦，

诗书最是览风尘。

只当朝野隐雅士，

愿为乾坤写大真。

自古秦淮钟毓秀，

高吟妙和有来人。

2022 年 3 月 10 日

【注】

近日收到定之诗词印稿，细读感触良多。其从政多年，南北迁任，后因耳疾回江苏就职并潜心攻诗炼词，收获颇丰，实在难能可贵。

定之应和：

七　律

　　夜间，千岸同志微信传来《七律·读定之诗稿》，余心头一热，捧读良久，夜不能寐，随步韵秉笔敬和。

<blockquote>

花间小路遂君行，

重过江南二度春。

昨日云浓天有雪，

今时风淡地无尘。

高歌低唱情依在，

白首丹心写出真。

莫谓书台天籁少，

清香叩齿好宜人。

</blockquote>

千岸同志又作回澜云：

　　定之的和诗极佳，比原诗更具感情深度。作者把自己的职路历程和心路历程艺术化感情化，回首往事雪消云过，顾看今时地净风清，并寄语鹤发丹心、写真境界，有动人的艺术效果。学习了。

我不懂诗词，最怕平仄，不通韵律。但读了这段应答，更热爱佳作，热衷此事，崇敬定之。欣闻定之诗词结集出版，不惧狗尾续貂，但求抛砖引玉，欣然为之作序如次。

定之的诗词稿，越读竟感到越有味道。字里行间让我对定之有了新的认识，不由想起了苏轼那句话："其为人深不愿人知之，其文如其为人。"

古体诗词是千百年来中国人表达情感最独具特色的方式，是中华传统文化的瑰宝。从诗经到乐府，再到唐诗、宋词，以其蕴含的人生价值和审美追求世代相传，滋养着炎黄子孙的灵魂，塑造着华夏儿女的气质。许多经典之作虽历经千百年，依然能够穿越时空，拨动着当今中国人的心弦，成为中华民族的精神家园。可以说，国人对古体诗词有着独一无二的文化情结。

文学是时代的产物，一个民族有一个民族的文化传统，不可避免会打上时代的烙印。古人云："文以载道，诗以言志。"纵观定之的诗词，有感时怀古之思，有触景抒情之吟，有状物言志之咏，个人喜怒哀乐的背后，更多的是对时代的讴歌，对祖国的热爱，对民生的关切，对社会的责任，这是对家国情怀这一中华优秀传统文化的传承和发扬。翻开五千年中华文明史，"修齐治平"的家国情怀始终一脉相承、薪火相传，已深深融入华夏儿女的血脉，铸就了炎黄子孙自强不息的精神品格，支撑着中华民族战胜千难万险，傲然屹立于世界民族之林。党的十八大以来，在以习近平同志为核心的党中央领导下，面对百年未有之大变局，凝聚起亿万中华儿女众志成城的磅礴力量，勠力同心，勇毅前行，为民族复兴伟业矢志奋斗。定之的诗词充满着向上向善的正能量，有"相伴情柔似水，种菊去，绕篱墙""戏捉迷藏几许，寻声去，老少相拥"的亲情，有"难忘琼海木棉花，不尽银滩三亚"的战友情，更有"莫教愁脸夜无眠，万户千家细勘"的人民情；有"闻道民生稚子，念社稷，未敢忘忧"的自励，有"莫问危难身远近，苍生自有回天力"的信念，更有"南湖棹去，横槊依然，浪遏从容"的豪迈，"尤须记，安危早觉，休戚俱相同"的期许；有"春秋青史人民刻"的感悟，更有"向来贪欲误平生"的警醒。这些情感表达与人民休戚与共，与时代同频共振，传递了生生不息的伟大民族精神，彰显了中国传统诗词文化家国情怀的精神底色，读来温暖人心，也鼓舞人心。

古体诗词讲求的是"境"，而诗词的境界与诗人思想和生命的境界密不可分。恰如明代书画家董其昌所言："读万卷书，行万里路，胸中脱去尘浊，自然丘壑内营。"我们熟知的古体诗词大家，唐有杜甫、李白，宋有苏东坡、辛弃疾，今有毛泽东，不仅博览群书、学识过人，更是历经坎坷、几度沉浮，所以能够用手中的笔，把各自人生的跌宕壮阔、各自心灵的万千气象，挥洒成一首首脍炙人口的名篇佳作，矗立起古体诗词的一座座高峰。定之的诗词，有的恢弘博大、深沉雄放，有的恬淡闲逸、旷达悠远，有的绮丽柔婉、清新隽永，呈现出多样性的风格特征，我感到很难归于"豪放派"或"婉约派"。这种风格上的多样性，来自其深厚的人生积淀。定之从基层工作一步步走上领导岗位，辗转江苏、北京、海南等多地任职，而后垂袖归来转岗人大、政协工作，见证了国家近半个世纪在沐风栉雨中的前进脚步，也经历了天南地北的人事沧桑。没有丰富的人生阅历，难以有其作品中的种种深沉情愫和透彻感悟。在其诗词作品中，我们看到的是他在洗尽铅华之后沉淀的不矫不伪、无悔无怨的真性情真品格真境界，是在领略人生真谛之后从容平和的心境。难能可贵的是，这种从容平和不是消极避世，而是以另一种方式拥抱生活。这里有"事非经过，安知得？件件艰难"的慨叹，也有"曲迳道中消夏，甚是好，何必东篱"的襟抱；有"十万急、重整好山河，争朝夕"的记事，也有"笑语唤回乡梦，如此近，下阶行"的淡然；有"不是硝烟，胜似硝烟，断发请缨"的壮怀，也有"建言资政，挽君衣袖。走！走！走！"的执着；有"境自心生非物意"的通透，也有"古都豪杰一时多，今见遗冢几座"的逸怀；有"今对韶华渐逝，又回首，少作绸缪"的坦荡，也有"从前余事，都付清风流水旁"的释然……这种积极健康、举首高歌、达观圆融的人生态度，这种对真善美的执着追求，都深深打动了我。

定之的诗词，大部分是词作，且对大部分词牌曲调都有所涉猎。它打破了唐诗五、七言句法的局囿，充分运用长短句交错的手法，艺术表现力大大拓展。古体诗词读起来是很美的，写起来却是很苦的。对现代人来说，古典诗词有近乎苛刻的格律要求。要想戴着平仄韵脚这些"镣铐"跳舞，须字斟句酌、反复推敲、掌握规律直至熟稔于心，方能达到自由的境界。叶嘉莹先生说过，仅有作诗的感动而没有作诗的训练，那是远远不够的。据我所知，定之在这方面是下了功夫的。一字一句都追求精准地表达，既力求合辙押韵又不因辞害意，既巧妙用典又不故弄玄虚，正如总书记所倡导的，学古不泥古、破法不悖法，是十分难得的。

定之对作词情有独钟，并不时有所涉猎，但真正醉心其间的却是近几年的事。从这个册子收集的 400 多首作品看，可以说得上是一种大观。能够取得如此的成就，殊为不易。这得益于这个伟大的时代，也源自他个人的才情和努力。"天择春秋笔，风扬国韵声"。愿有更多的人能够加入古体诗词的创作队伍中来，为时代为人民弦歌不辍，把我们的优秀传统文化传承下去、发扬光大。

是为序。

（作者系全国政协委员读书活动指导组副组长，全国政协文化文史和学习委员会副主任）

做一个诗性的人　写一个美好的"我"

——蒋定之先生诗词印象记

高　昌

梅蕊枝边倦客来，冉冉花气紧相挨。香浅香深报春信，斗寒开。　　脱俗精神天付与，清风明月满襟怀。归去便看黄叶路，扫尘埃。

这首《添字浣溪沙·南村观梅杂想》下阕开头的"脱俗精神天付与，清风明月满襟怀"，是我印象很深的两句词，出自蒋定之先生之手。我近来读了不少蒋先生的诗词作品，印象颇佳。无论反映的思想内容还是表现出的诗艺技巧，都显示出丰厚的底蕴和蓬勃的活力。而《添字浣溪沙·南村观梅杂想》下阕中的这两句写梅花的词，更是始终萦绕心怀，所以就干脆先引用一下这首词，特别是借用"脱俗精神天付与，清风明月满襟怀"这两句隽语，来表达我的整体的一个读后感。这首词中还有"香浅香深报春信，斗寒开""归去便看黄叶路，扫尘埃"等佳句，写得也都美丽而潇洒，让我也很喜欢。其恬淡和清矜之外更隐隐透出一种难得的昂扬和振奋，而这种昂扬和振奋在时下某些以病态颓唐为美的拟古时风背景下，是很值得特别为之点赞的。

正所谓：诗中有画，画中有诗，诗中有我。"且看石间红蕊，依依风雪为家。不争春意媚纷华，唯我梅花"。诗人眼里的梅花风景，其实也体现着诗人自己的人生境界，有着独特的色彩，有着独具的芬芳，还有着一份特别的情愫和胆略。写诗，归根结底是写肝胆、写初心、写性格和态度。要了解蒋定之这位诗人，有一首《永遇乐·戏语人字，兼赠友人》是最值得关注的。我认为这首词写出了一个大写的抒情形象，字里行间透出一股不同流俗的清逸之气，令人肃然而生敬意。词是这样写的：

三字经头，五千言末，分外醒目。昨日风清，寻书夜读，人字非望族。撇前捺后，二分世界，形意犹如手足。细相看，相依相对，向来精华浓缩。　有君成佛，有君牵鹤，执节堂堂高矗。也有孺子，名

10

心难化，取了千年辱。减衣轻履，气吞巴蜀，翻过断崖绝谷。君知否？妖人莫作，作人莫俗。

论诗者习惯上有诗庄词媚的说法，但这首词却颇类诗法，不含一丝妩媚态，字字铿锵，高标风骨，凛凛生威。"三字经头"，写的是"人之初，性本善"；"五千言末"，写的是"圣人之道，为而不争"。一开头就先声夺人，亮明态度，思接千载，真率纯粹，朴拙沉厚。其中多用议论直抒胸臆，但却没有标语口号的直白单调感觉。这得力于诗人对典籍典故的自然巧妙运用，读来很有一种大匠运斤般的从容和淡定感觉。过片中"有君成佛，有君牵鹤，执节堂堂高矗"这三句话，寥寥 14 字，高度概括释道儒三家的人生理想，读之如闻虎溪三笑，正所谓三教三源流，三人三笑语，三种高洁的人生境界，和接下来孺子小人的名心难化构成了鲜明的对比，同时也鲜明阐述了诗人的爱憎。明人张岱以自嘲的方式感叹"慧业文人，名心难化……则其名根一点，坚固如佛家舍利，劫火猛烈，犹烧之不失也"，那一点"好名"的根性，已经坚固如同佛家舍利，虽劫火猛烈，还烧它不掉。但是为人处世，不能放下包袱，减衣轻履，又怎能像"王濬楼船下益州"那样气吞巴蜀、勇往直前呢？蒋先生在这首词中用颇为质朴的"妖人莫作，作人莫俗"八字作结，好的诗人不能是俗人，但也切记不能走火入妖。脱俗已经不易，避妖似乎更难。这八字确实是人情练达、通透敏思之语啊。

这首《永遇乐》的题目中虽然谦称"戏语人字"，实际上却句句严肃恳切，郑重警策，写的是为人为诗的最重要的元素，没有一句戏言。时人说词法，颇有重风流小巧之韵者。无论网络还是公开报刊，"轻纤巧"的文字也经常是大受欢迎、百般称赞，一些作手喜欢猎浮词浮句，徒作门面语。而"重拙大"的文字则苏世独立，门庭冷落。然则作诗作文，最重要还是"廓心扉，真人白话，不用烟花相抹"啊。任何文字都是以意为上。意如天体，词如衣装，主侧本来分明，本末焉能倒置。文字是为人之标，创作是修心之道。如果在作品中看不出一个高致雅量的"人"字，作品也就是无源之水、无本之木了。蒋先生的诗词"简单简约，简明简述"，确然让人有"简直地通天阔"的感慨。

他的诗词取材鲜活，立意高远，摛翰考究，鲜明地诠释了厚重温煦的精神内核，记录了作者个人生活、工作的变迁和社会风云的演变，洋溢着浓郁的家国情怀，也用自己的创作实绩宣示着传统诗体的生命活力和时代价值。其中有国事抒怀，有乡情友情，有山水寄畅，有感事咏叹，也有闲情偶记，是诗人心底呐喊、心灵奥秘的真实写照，是波澜壮阔的雄浑大美，也是明媚纯净的婉约秀美，他笔下的文字不是死文字，而是火焰一样的活文字，是真正走在我们身边的现代人的鲜活心声。特别是他在离开工作岗位后的近年来，写的新作比较多，创作比较勤奋，可圈可点的好作品也层出不穷。我猜想他无意去争竞"诗人"的冠冕，而更宝贵的是他字里行间飘逸的诗性思维，是这份不俗的诗人情怀。他在《长夏吟》中朗声吟唱："大隐无常态，清徽不二声""援笔成新句，抚琴搜旧名。凉州何处有，净土应心生。满堂清气爽，半亩小苗荣……清风歌一曲，明月满连营……骈骊入妙境，阆苑咀琼英。方寸雕龙凤，须弥纳芥粳……驰怀宜啸傲，得趣必嘤鸣。扫叶楼前树，听鹂馆外莺。前行邀万籁，再作砚田耕。"这些句子，应该是他的夫子自道，也是我们了解他心迹的直接通道。所谓"大隐无常态，清徽不二声"，宣示的是清雅的襟怀、淡泊的情愫、纯净的修养、高贵的精神。所谓"骈骊入妙境，阆苑咀琼英"，追寻的是广阔的眼界、丰富的想象、精美的创造、莹澈的情趣；所谓"凉州何处有，净土应心生"，实际上指的就是一个诗性的真实的大写的人吧？

蒋先生的诗词厚重坚实，其中颇有几首长调令人反复吟赏。比如《沁园春·读全唐诗》，他集两年时间阅读《全唐诗》，"深受震撼"的同时，用词来表白"心迹"。上阕特别流畅地叙述了自己的阅读过程，"十卷全唐，万首诗长，夜伴壁光，对飞英列韵，访诗仙阁；踏昌黎印，过孟山庄。短阕长篇，铿金锵玉，击节昌龄七绝章……"这首词承接传统，超越时空，把唐诗文化中的精神标识进行了精准地提炼和展示，一路写来流畅淋漓，特别过瘾，而他对唐诗人的评价，则用四字"都是衷肠"来作恰切干脆的结语。这既是作者的深刻感悟，更是作者个人诗词观的鲜明表述。一切好诗词，最感人处也不过"都是衷肠"而已啊。诗人说"我觉其间，与之邂逅，今古灵犀一炷香"，"与之邂逅"真是大开大合，想落天外，别有一份美妙和空灵。写的是读书，又何尝不是我们身边的生活，身边的朋友。

另一首姊妹篇《水调歌头·读全宋词》则让人感受到锦心绣口间的沧桑清韵。这首词充满思辨意味，既准确概括了宋词的成就，又淋漓叙写了自己的阅读感受，同样也用几个关键词鲜明阐述了自己的诗词观，一个是上阕的"莫道辞章易得，却是天涯行走，胸次盖神州"，一个是下阕的"幸自仙人俗相，方有连天妙语，代代仰风流"，前者表达的是深入生活、提高境界、花真功夫、下大力气的创作观——诗词确实要走向大地、扎根生活、贴近人民大众，才能获得蓬勃的生命力。后者创造性提出的"仙人俗相"一词，揭示的正是"连天妙语"贵在深入浅出、平易近人的艺术规律。诗词创作自然是超尘脱俗的文人雅事，但真正的诗人却不能把自己关进一个玻璃瓶里，与生活、与人民隔着一层透明的深墙。

蒋定之先生的诗词，有着鲜明的生活美学特色。他的作品与生活与社会与工作是水乳交融、紧密相联的。天下大事、时代风云，纷现笔端。他的感事抒怀飘逸洒脱而又大气沉雄，遣词造句都不是简单地赞美和讽刺，而总是蕴含着深沉的忧思和智慧的思考。请看他的两首绝句：

赞英雄边防团长祁发宝

远戍边关雪未融，

每临生死独从容。

愿将碧血埋疆土，

化作西陲又一峰！

悼袁隆平

我挽青山十万松，

悲歌千曲吊袁公。

天涯独泣子规血，

情注苍生一碗中。

我因为从事编辑工作的缘故，同样题材的作品近来读过不少，但蒋先生这两首作品在我心中闪耀着一种独特的光彩。两首诗写的都是赞美和敬仰，都洋溢着对现实和人生的深刻思考，但表现方式上却又各有匠心。前一首采用第一人称，体味的则是烈士的精神境界，夹叙夹议，鲜明生动，朴素坚实，结句更是斩钉截铁，从容而精警。后一首同样采用第一人称，披露的则是本我心迹，第一句就直接用一个辽阔的十万松的意象，表达心中的深沉情感，饱满痛切，用词典雅蕴藉，启人深思。两首诗视角迥然，风格两异，但那种庄严的生命感和崇高的使命感，却是一以贯之的。短短的四行绝句，同样写出了一种不同凡响的厚重感，让我过目难忘。

为配合抗击新型冠状病毒肺炎工作，蒋先生创作了一系列展现前线"抗疫"工作人员的风貌与精神，述写疫情期间的所见所闻、所思所想的诗词，其中多有在读者中不胫而走的佳作。比如《满江红·为武汉抗击新型冠状病毒肺炎而作》：

> 千古江城，城欲裂，危难时刻。魔肆虐，龟蛇含泪，山河失色。汉水斜阳悲疠患，蛮风瘴雨楚声涩。是一劫，多责又何益？需新策。　　经纶手，重抉择。乾坤动，荆州疾。驾长车奔走，几番收拾。最念岭南钟院士，逆行北上声声急。家国事，忠勇两相随，群英集。

这篇作品用典贴切，用语平易，用情真切，用意深挚，鲜明定格了一个壮阔的时代细节，也铭刻下一份深情的历史记忆。其中"是一劫，多责又何益？需新策"，就体现了一份珍贵的理性认识；"家国事，忠勇两相随，群英集"，则是一份深沉和热烈的展望，也是一幅忠义者大爱无疆壮怀激昂的画卷。词中体现出的这种成熟的思想和清澄的境界，是和一般抗疫诗词中的简单美刺有着明显区别的。

我读蒋定之诗词，特别注意到他就国事而抒怀的那部分篇章，尤其是《摘红英》《永遇乐》《诉衷情》等词牌下的一系列表达政协委员参政议政情愫的作品，特别令人关注。他喜爱选用的这几个词牌的名字都很美，也各带深意，显示出作者的特别用心。"三月东风，暖日初开，辇上早春。看今年气象，红梅如火，玉兰如雪，翠影缤纷。十里长街，华灯拥道，更见楼头旗卷云"。语言何其雅致，情境何其优美，不慌不忙从容写来，切景切情切境切事，浑然而成一个春天里的美好世界。东风暖日，玉兰红梅，从大视角到小切口，互为背景，相互映衬，绘出京城一派北国之春的宏阔图景，令人回味，也令人感奋。"寒温事，真情寄，赋诗填曲多言志。东坡阕，邗沟牒。两般音律，一腔心血。热！热！热！"，直抒胸臆的赋笔铺叙，痛快淋漓地挥洒出炽热心声，也同样动人心怀，启人沉思。

蒋定之先生的参政诗词并非泛泛之论，而是即事成咏，言之有物，最有代表性的一篇是《摘红英·为十三届全国政协第五次会议工作报告之短而作》：

> 无堆叠，无前列，韵清辞简人心热。翻新页，赋新阁，清泉漱口，诵吟真诀。悦！悦！悦！　删繁叶，快刀截，尽除枯蔓枝头郁。尤须说，冗生劣，天成蔚蔚，非关霜雪。绝！绝！绝！

诗人敏锐地抓住一个亲身感受到的新闻细节，用凝练精致的词笔素描出了一幅"韵清辞简人心热"的现场特写。"清泉漱口""删繁叶，快刀截""尽除枯蔓枝头郁"等等巧妙的比喻联翩而至，心平气和而又活色生香，写出了内心的喜悦和赞赏，更态度鲜明地阐释了"冗生劣"的会议陋习，婉而多讽，独含深蕴，掷地有声。

蒋先生有着深厚的古典文学积淀，出入经史而亲近生活，许多作品都有着浓酽的典雅气韵。比如：

> 风裳舞，一川烟水乡愁住。江南透，芳菲候。雨添新绿，晓莺声叩。走！走！走！　春眠处，香泥步，石城舟在桃花渡。篱门瘦，乌

衣旧。斜阳夕照，醴泉甘口。友！友！友！

一口气读下来，古韵盎然，齿颊生香。不过，更令我惊奇的是他笔下鲜明的时代特色，尤其是他对新鲜时语的浑然化用，天趣缤纷，奇气纵横，美不胜收。请看《永遇乐·政协换届，本人不再提名。放下行囊，重入书房，人生一大快事也。故作此阕以释怀》这首词中的"就此归零，柳摇新绿，秋月蝉声脆。读书台上，报时钟下，又是一番慷慨"，其中的"归零"二字，用得多么贴切。再请看《七绝·北京冬奥会喜降大雪》中的"非是苍天讲政治，只缘冬奥遇佳期"，其中的"讲政治"三字用得多么风趣，多么顺畅。再请看《天仙子·春日遣兴之五》中的"休言绿码尚分明，疫未绝，待清零……"，其中的"绿码""清零"都用得准确平易，妙手偶得。再请看《七律·写在冬奥会闭幕式之际，赓和梅岱同志韵》中的"一城双奥欢声处，四海五洲同鸟巢。君去应知人不远，莫为噪客附嘈嘈"，其中的"双奥"是一个巧妙嵌入的时语，而更妙的是"鸟巢"这个普通词汇对国家体育馆的时语双关，衔接古韵，书写时代，非常自然地承续了后边"噪客"与"嘈嘈"的关联会意，令人于宏大叙事的庄严肃穆之中又不禁会心一笑。

在蒋先生时语入诗的创作实践之中，我认为最新鲜也最激越的是在湖㳇镇写的一首《浪淘沙》。作者甚爱湖㳇镇，两至皆遇雨，恰好陶醉于雨中湖光山色，写了这首佳作。上阕结句的"石涧溪边堆嫩绿，几许殷红"，"堆"字用得特别漂亮，嫩绿和殷红的对比也鲜明丰美，但是，还远远不及下阕结句，请看"负氧离子三万个，撞我心胸"，负氧离子就是带负电荷的氧离子，雨后，这种离子增多。诗人在这里把这个现代科学词汇收入诗囊，隐而不露，巧妙点化，确实收到了独出奇兵的奇效。负氧离子一词本来就很清奇，居然还能数出空气中的三万个，则更增一奇，再加上"撞我心胸"的"撞"字，再增一奇。此词有此三奇，让人击节赞叹。

蒋先生离开一线工作岗位后，又担任了江苏省诗词协会的会长。他带领全省诗人词家在新时代坐标中校准诗词文化的前进方向，聚焦新时代诗词文化使命这条主线，坚定地阔步走在诗词追梦路上。作为诗人，他不是一个人在独立的小天地里浅斟低唱，而是和一支浩浩荡荡的队伍一起携手并肩、奋力前行。他们让诗词走进生活，留下岁月的烟火，以梅花的风骨律己，以樱花的美好寄情，以桃花的温情暖人，以荷花的清香送爽，让诗词之花绽放在最美的时代，推动新时代诗词文化事业花开遍野、万紫千红。我曾读过蒋先生为江苏诗词协会公众号开通填写的一首《诉衷情》，也读过众多诗友步韵这首《诉衷情》写出的海量的唱和作品，给我印象非常深刻。这份初心，这般境界，让人感动更让人振奋。蒋先生在一首《长相思》中咏叹："风丝丝，雨丝丝。柳舞河湾婀娜姿，江南第一枝。朝迟迟，暮迟迟。刀剪春秋流水知，不过几首诗。"虽然他谦虚地说"刀剪春秋流水知，不过几首诗"，可是这"几首诗"都是拳拳赤子之心里流出来的炽热心声啊。读蒋定之先生诗词之后，我感想最深的是本文标题里的两句话，就是："做一个诗性的人，写一个美好的'我'"。

（作者系《中华诗词》主编、中华诗词学会副会长）

写在前面的话

清代诗人赵翼《论诗》，有"少时学语苦难圆，只道工夫半未全。到老始知非力取，三分人事七分天"之说。其大意是说诗词写作不容易，高深造诣更是艰辛，这是天成之物。我对诗词的写作可以说是"到老"在"力取"了，兴趣自然多年一直未减，但真正习作则是近几年的事。相比较多年从事经济工作而言，"工夫"则完全属于"半未全"了。四十多年来，我都在江苏、北京、海南等地辗转工作，新环境、新领域、新挑战不断。政务不少、事务缠身，几乎无暇顾及文学作品的阅读与欣赏，至于动笔写作那更是少之又少。

2003 年，本人担任江苏省防控"非典"总指挥，许是疲劳过度因素，右耳突发耳聋。祸不单行，2014 年左耳又突发耳聋，两耳闻不了窗外事，苦不堪言，而且这又难以治愈。屈服这个现实，我不得不从实际出发，主动申请从一线岗位退下来。使我特别不能忘怀的是，中央领导同志对我倍加关怀照顾，在同意我辞去海南省长职务后，又安排我回家乡江苏工作。从经济工作主战场、主阵地转战到人大、政协工作，相对自主的时间就多了一些，沉寂在内心深处对诗词的兴趣爱好之情，时常在不经意间浮现出来。特别是党的十八大以来，以习近平同志为核心的党中央，统筹推进"五位一体"总体布局，协调推进"四个全面"战略布局，取得了一系列举世瞩目的巨大成就，中华民族比历史上任何时候都更加接近实现伟大复兴中国梦的目标。我置身于这样一个伟大的时代，作为中国特色社会主义事业的忠诚拥护者、参与者、实践者，目睹了我们党和国家各个领域发生的历史性变革，见证了经济、政治、文化、社会、生态和党的建设各个方面发生的历史性变化。"文章合为时而著，歌诗合为事而作"，工作生活中的所见所闻、所感所悟，自己经常被感动。拾笔前行，再续前缘，以传统诗词为载体去记录新时代的点点滴滴，反映改革发展的历史印记，成为我退出一线岗位后的一个切入点。

　　功底浅薄，又搁笔多年，重新开始谈何容易！我把学习作为重启"创作之门"的第一步。这几年，工作之余，我研读了不少古诗词，常常陶醉其间，乐此不疲，不能自已，"拍案读千年书话长""通宵读，渐东方既白，又对朝阳"。久读多读便悟出一些东西来，传统诗词是语言之艺术、文学之精粹，深刻的思想、充沛的感情、新颖的构思都需要运用优美、简洁、生动、形象的语言来表达。为此，我很注重炼字炼句，把真人说白话作为写作的底线，把自然、朴素、流畅、易懂作为最起码的要求，把诗词走进日常生活作为一个关切，力戒晦涩和没有意义的文字游戏。同时，在字斟句酌、妥切精确上下功夫。有时候为了一两个字，冥思苦想、推敲琢磨几天也是常事。"吟安一个字，捻断数茎须"这句话我是有体会的。传统诗词最大的特点在于讲究格律。每写出一首来，我都要反复吟诵、斟酌，使之符合平仄、音韵的规则。但实践一段时间后，我体会到格式和韵律也是"有规律无定律"的，传统诗词之所以好听、好记，有的千古传诵，其本身不仅在于格律上的循规蹈矩、不越"雷池"，而且也在于其大雅大俗，传神达意，浅近流畅，通俗易懂，诗风清新。我以为这是传统诗词最为精妙的地方。这些看法也许大谬不然，但它却使我常常兴奋和激动不已！

中华传统诗词源远流长、博大精深，积淀和反映了中华民族悠久的历史传承和深厚的文化积淀，是中华传统文化中最为璀璨夺目的瑰宝。许多名篇佳句精美绝伦，脍炙人口，启迪思想，陶冶情操，不仅丰富了人们的精神世界，也是中华民族文化的一个重要象征。正如毛泽东同志所言，旧体诗词"一万年也打不倒"。这几年来的学习和摸索，我越发深刻地认识到，传统诗词之所以能成为中华文化的精髓和象征，归根到底还在于一个"真"字，自然之真、历史之真、现实之真、生命之真、人性之真。作为后来者，只有更好地消化之、吸收之、传承之、发扬之，才可能成为一个好的创作者。因此，每写一篇诗词，我都警醒自己这样去把握：一是抒真情。创作中"直取性情真"，不论是"问千年悲笑"，还是"看群英激荡，一同休戚"；不论是"点兵场上，万千将士，钢盔拱立，虎啸生风"，还是"看重症室内，方舱间里，隔离门下，站着忠诚"，写的都是真情实感，不搞乔装打扮，不作无病呻吟，也不"为赋新词强说愁"。二是求真实。"韵清辞简人心热，清泉漱口，诵吟真诀""万水千田，埭洲泽国，满眼都是芳馨""喜有政佳优势，高歌虎踞龙盘"等等，勾勒的都是眼所见、耳所闻、心所动，揭示的都是景、人、事与现实的联系，有夸张但不虚构，源于事实而高于事实。三是寻真淳。"一朝指红旗，铁骨担纲""消得肆行成过去，重整乾坤""冷暖总关情，日夜兼程多少！知道，知道，披胆沥肝相照"，所有这些词句期待达到的境界是，既寄情于物、托物言怀，又托物咏志、以物言志，揭示自然规律，表达人生感悟，反映生活和工作意向。四是达真境。一个自我要求是，把境界提升和精神追求作为重要取向，把创作过程当作净化心灵、提高涵养、升华境界的过程。"炮垒横陈，精神不死，激励青丝发""试问东君，利名苟且，怎可多求""道尽人间世路情，向来贪欲误平生""有君成佛，有君牵鹤，执节堂堂高矗""减衣轻履，气吞巴蜀，翻过断崖绝谷"。写下这样的词句，不仅是释放灵感的火花，更是传递积极人生追求、高尚思想情操和健康生活情趣。

在这艰辛而快乐的"垂袖归来"路上，很多领导和朋友给予了我莫大的关心、支持和帮助。"朋友圈"中的诸多同好之人既是我学习创作的求教者、提点者，也是拙作的第一读者。他们对我教益颇大，鼓励很多。《中华诗词》高昌、林峰、胡彭，江苏楹联研究会袁裕陵，国学大师常国武，诗人友人焕南、卫东、子川、克年、永强、福纯先生等，在我的学习创作过程中倾注了很大热情，提出了很多金玉良言，在此一并表示深深的感谢。选编《垂袖归来》这本小集子征求意见，也得益于朋友们的建议。在我看来，自己写着遣兴的东西，还不到编辑出版的价值，所以只是先编发一本小集子存照罢了。

蒋定之

写于二〇一八年一月

注：此文系作者为《垂袖归来》一书（未出版）写的序言。

目 录
CONTENTS

国事抒怀

· 参政议政 ·

· 岁月留痕 ·

山水寄畅

物情遣兴

感事咏叹

随笔偶记

国事抒怀

红旗舞，春风鼓，墨翻书屋钟声度。人依旧，灯如昼。夜来无寐，丝丝不苟。透！透！透！　疑难处，争相睹，荧屏采得花无数。休言瘦，芳香厚。建言资政，挽君衣袖。走！走！走！

——《摘红英·红旗舞》

满庭芳·西苑枝柔

京西宾馆。全国"两会"讨论随笔。

西苑枝柔,东园争秀,暖风轻拂花楼。至情依旧,高会共凝眸。闻道民生赤子,念社稷,不敢忘忧。寻声去,焉知时日,热烈意难收。 人间新气象,千陈万论,续写春秋。喜新锐多谋,内外兼修。伫立小康路上,鼓声急,催促神州。群英在,金鸡唱晓,策马立潮头。

（2016年3月8日）

【注】

① 至情:尽心。

3

满庭芳·日丽风和

　　北京。全国"两会"住地，推窗望去，天气甚好，多日雾霾尽扫。喜而作。

　　日丽风和，香山徒见，帝州一洗长空。层楼无数，连叠似浪中。笑指繁华片片，人如织、车水马龙。春时节，神仙列坐，欢聚月华宫。　　霞红。晴万里，平添野径，融日西踪。愿歌舞春回，满眼东风。休说如烟往事，弹指去、数尽英雄。尤须记，安危早觉，休戚俱相同。

（2016年3月13日）

【注】

① 帝州：北京；

② 神仙：喻指参会人员；

③ 月华宫：喻指宾馆，旅居地；

④ 平添：自然而然地增添；

⑤ 融日：暖暖的太阳；

⑥ 西踪：西去的踪迹。

西江月·未见香山红叶

九月初，北京与会。正值秋高气爽时节，美不胜收，散步而回，欢欣而记。

未见香山红叶，眼前却是清秋。古城墙外晚风柔，又到登高时候。　　借道纷华侧畔，神驰古树南头。归来踏月过瀛洲，好个清凉雨后。

（2016年9月2日）

【注】

① 长烟：指弥漫在空气中的雾气；

② 纷华：繁华、富丽；

③ 侧：侧畔、旁边；

④ 瀛洲：古谓神仙居住的好地方。

忆秦娥·诚难得

年初，在京参加全国"两会"，历时半月有余，未见恶霾。据闻，此是 APEC 蓝之后又

5

一蓝天。然此赖限产减产之功用也。治理环境系民心所向，需断之舍之离之。是为赋。

诚难得，阴霾离去无尘迹。无尘迹，非风非雨，古城天碧。　　香山脚下重收拾，长安道上声声笛。声声笛，调羹试火，只争朝夕。

（2017 年 3 月 20 日）

【注】

① 诚：实在；
② 香山：指北京香山；
③ 收拾：这里喻指生态保护；
④ 调羹：古喻治国理政，这里指整治环境。

如梦令·北国秋高时节

8 月 28 日，北京。雨止天晴，金秋妩媚。余在列席全国政协常委会第二十二次会议之闲暇，漫步古城，兴起而作。

北国秋高时节，雨后风柔云歇。枝上半留春，又见催秋黄叶，清绝！清绝！红日远山千叠。

（2017 年 8 月 28 日）

【注】

① 北国：指北京。

如梦令·直是神州秋早

2017 年秋，北京。列席全国政协常委会第二十二次会议，听取汪洋副总理"全国脱贫攻坚情况工作报告"，有感，作小令一首以纪。

直是神州秋早，万水千山霜晓。冷暖总关情，日夜兼程多少！知道，知道，披胆沥肝相照。

（2017 年 8 月 29 日）

【注】

① 直是：只是；
② 冷暖：这里指贫困人口的生活状况；
③ 披胆沥肝：即披肝沥胆，喻竭诚效忠。

沁园春·三月东风

北京人民大会堂。为十三届全国政协第一次会议而写。

三月东风，暖日初开，辇上早春。看今年气象，红梅如火，玉兰如雪，翠影缤纷。十里长街，华灯拥道，更见楼头旗卷云。都知道，是山川冉冉，换了乾坤。　　教人无不欢欣，岁月又蒙元台遵循。数累累勋业，千般筹策，万般努力，重在创新。高会瑶堂，纵论天下，惊现隆中诸葛身。尤堪庆，有英姿执手，国运洪钧。

（2018 年 3 月 3 日）

【注】

① 辇上：喻指京城。清·钱澄之《田园杂诗》有"朝为辇上客，夕为陇上耕"的诗句；

② 元台：重臣；

③ 洪钧：喻国家政权。

采桑子·云收雨罢风初静

5月21日，受新冠疫情影响，十三届全国政协第三次会议在人民大会堂拉开帷幕，余随作此长短句以述怀。

云收雨罢风初静，今又相逢。欢意浓浓，只是时延五月中。　　坐中热血情深处，肝胆心胸。长短兼容，心有灵犀一点通。

（2020年5月21日）

【注】

① 心有灵犀一点通：引唐·李商隐《无题诗》"身无彩凤双飞翼，心有灵犀一点通"。

采桑子·华堂热烈时人醉

5月21日下午三时，在北京人民大会堂听取汪洋主席报告有感。

华堂热烈时人醉，爽气清风。佳政求同，共识凝于国事中。　须知咫尺犹为远，莫要心慵。力戒匆匆，带雨千回绿百峰。

（2020 年 5 月 21 日）

采桑子·长街十里行人少

步出人民大会堂而作

长街十里行人少，却是为何？疫疠多磨，庚子年来战幺魔。　丰碑高表雕阑处，石壁山河。大别嵯跎，王子兴师我一戈。

（2020 年 5 月 23 日）

【注】

① 幺魔：微小、微不足道；

② 王子兴师我一戈：语出《秦风·无衣》"王于兴师，修我戈矛"。意为君王号令出师，我即修备好戈矛。

采桑子·夏来春去成追忆

十三届全国政协第三次会议，上午休会。
友人闲话，偶得成句。

夏来春去成追忆，"两会"来迟。息息相知，全是新冠舞疫衣。　　如今雨过天回暖，香压残枝。寂静东篱，窗下风徐话旧时。

（2020 年 5 月 27 日）

【注】

① "两会"：指全国人大和全国政协例行年会；
② 新冠：指新型冠状病毒肺炎。

采桑子·余音犹耳催人去

下午，写在十三届全国政协第三次会议闭幕之际。

余音犹耳催人去，携得东风。春水溶溶，新植杏林别样红。　　愿持鉏锸栽慷慨，争发途中。夜静扪胸，莫负韶华日日功。

（2020 年 5 月 27 日）

【注】

① 鉏锸：铁锹。

摘红英·阑灯烁

政协提案会认真践行汪洋主席"多读书、读好书、善读书"的要求，组织开展网上读书活动，广大委员踊跃参与。余填此词以遣怀。

阑灯烁，荧屏薄，近来常把网民作。书香友，图文秀。古今中外，掌中皆有。读！读！读！　　情非昨，心如灼，故人高处多帷幄。春风骤，休回首，复兴时值，百年关口。走！走！走！

（2020 年 8 月 31 日）

诉衷情·寒栏菊影早霜中

十三届全国政协第十四次会议传达贯彻
五中全会精神，写在听取汪洋主席报告后……

寒栏菊影早霜中。循环又一冬。画堂高会问
策，怀远唤东风。　　黄叶地，露华浓。老城东。
故人依旧，鹤发谈笑，硬语盘空。

（2020 年 11 月 14 日）

【注】

① 黄叶地：全国政协门前银杏；
② 硬语：掷地有声之语，喻主席报告。

忆秦娥·开怀笑

上午，汪洋主席主持十三届全国政协第十
五次常委会议学习讲座，诙谐解围，妙语回应，

13

掌声阵阵。余即景填此长短句以记。

开怀笑，三言两语尤堪好。尤堪好，调羹雅意，鹤颜轻表。　　世人最爱梅花俏，英姿逐暖新阳照。新阳照，雨檐初霁，自知春到。

（2021 年 3 月 3 日）

诉衷情·风扬赤帜古城楼

全国政协十三届第四次会议今日开幕。写在听取汪洋主席报告后。

风扬赤帜古城楼，春色满神州。去年今日堪忆，一段汉江愁。　　浪可遏，桨声稠。决胜收。无须回首，千舟又发，鼓舞从头。

（2021 年 3 月 4 日）

【注】

① 2020 年全国"两会"因新型冠状病毒肺炎疫情延至五月举行，余与会感慨系之，填词一首以记。今年全国"两会"如

14

期召开，余再填一首以遣怀；

② 汉江：喻指武汉市突发新型冠状病毒肺炎疫情。

忆仙姿·昨晚寒风渐杳

3 月 8 日，连日阴霾终于放晴。上午，全国政协为戚建国将军等 20 名首批获"优秀履职奖"的委员颁奖。

昨晚寒风渐杳，今日暖阳清照。高席款英姿，勤勉精神堪表。春到！春到！海阔天空飞鸟。

（2021 年 3 月 8 日）

【注】

① 高席：很醒目、重要的席位。

诉衷情·群英咸集燕京楼

写在十三届全国政协第四次会议闭幕之际

群英咸集燕京楼，荟萃护神州。建言资政意

暖，解了许多愁。　　风日好，掌声稠。一望收。

阳春三月，高歌一曲，直上云头。

（2021 年 3 月 10 日）

【注】

① 咸集：形容聚会的人很多；

② 荟萃：喻精英人才。

摘红英·红旗舞

　　全国政协读书群活动开展一年有余，从上到下，参与踊跃，史无前例。窃以为，委员多读书，深明理，再建言，献良策，乃自身建设之根本也。昨日智勇主任话及，今作此长短句以遣怀。

　　红旗舞，春风鼓，墨翻书屋钟声度。人依旧，灯如昼。夜来无寐，丝丝不苟。透！透！透！　　疑难处，争相睹，荧屏采得花无数。休言瘦，芳香厚。建言资政，挽君衣袖。走！走！走！

（2021 年 6 月 21 日）

摘红英·华堂里

　　6月24日，主席在全国政协宣传思想工作会议上，念了本人所作《摘红英》词一首，深感垂爱。今以此牌再填一首，以记以念。

　　华堂里，吟声起，聆听识得词中意。头飞雪，容颜悦。盘空硬语，昨刚批阅。绝！绝！绝！　　寒温事，真情寄，赋诗填曲多言志。东坡阕，邗沟牒。两般音律，一腔心血。热！热！热！

（2021年7月7日）

【注】

　　① 东坡：苏轼，号东坡居士，豪放派代表，诗词激昂慷慨，乐观旷达；

　　② 邗沟：秦观，号邗沟居士，婉约派代表，诗词高古沉重，情韵兼胜。

敬和友人八言诗

东南翠帷佳丽遣将，

论道述怀国有良方。

上承高堂初心鲜明，

下传风帆劈波斩浪。

点点滴滴唯在固本，

前前后后迎难开创。

喜看百花垂垂斗艳，

蜂飞蝶舞吐出芬芳。

（2021 年 10 月 17 日）

【注】

① 江苏、福建两省政协女主席带头参加全国政协读书群活动，友人作八言诗一首，余赓和之。

好事近·春日暖云生

　　十三届全国政协第五次会议今天下午在人民大会堂开幕。汪洋主席作工作报告，强调要"为中华儿女大团结而奋斗"。余与会感慨系之，即赋此词，以寄怀。

　　春日暖云生，北国举头无雪。依旧月初相见，枝上莺声悦。　　两千国士抒胸次，此处风景别。众志成城何惧，一腔炎黄血。

（2022年3月4日）

【注】

① 胸次：胸怀；
② 国士：喻政协委员。

摘红英·无堆叠

十三届全国政协第五次会议工作报告时

长 37 分 27 秒。报告之短史所未见，委员反响之热烈也前所未有。由此可及，短报告是受欢迎的，报告短也是能说清问题的。是为记。

无堆叠，无前列，韵清辞简人心热。翻新页，赋新阕，清泉漱口①，诵吟真诀。悦！悦！悦！　　删繁叶，快刀截，尽除枯蔓枝头郁。尤须说，冗生劣，天成蔚蔚，非关霜雪。绝！绝！绝！

（2022 年 3 月 6 日）

【注】

① 清泉漱口：唐·姚合《寄灵一律师》有"童子病来烟火绝，清泉漱口过斋时"的诗句。

如梦令·例会一年一度

全国政协会议小组讨论侧记

例会一年一度，衮衮诸公细诉。深浅各怀情，唯有耳闻目睹。目睹，目睹，已是满园春驻。

（2022 年 3 月 7 日）

如梦令·半月京城小住

在京参加"两会"，因疫情防控需要，住地实行闭环管理，除集体与会，足不出院十数天。趣得此小令，怡情也。

半月京城小住，总是座中相顾。负手月阶前，曾见春樱在否？在否？在否？屈指归期可数。

（2022 年 3 月 9 日）

如梦令·三月春风人醉

十三届全国政协第五次会议今日上午闭幕，再赋小令一首以遣怀。

三月春风人醉，擘划乾坤今岁。言语更清新，社稷苍生一块。一块，一块，汗洒长城内外。

（2022 年 3 月 10 日）

【注】

① 擘划：筹划、安排；

② 今岁：今年；

③ 言语句：指与会人员发言；

④ 社稷句：指大会讨论聚焦在"国之大者、民之关切"。

满江红·资政新篇

遵小文主任嘱，为政协书院而赋。

资政新篇，呈灼见，诸公求索。调羹事，读书明理，上佳视角。若是添香和玉咽，岂能跌宕随波落。两度曲，回首细相看，尤堪乐。 书香屋，笺纸薄。论与说，多斟酌。且看行坐处，是君渊博。国学栏中争相入，漫谈群里朝晖烁。

非壮语，人气日边来，今胜昨。

（2022 年 5 月 11 日）

【注】

① 调羹：喻治理政事；

② 两度曲：喻全国政协读书活动开展两年有余；

③ 国学栏：指全国政协国学读书群；

④ 漫谈群：指全国政协漫谈读书群。

满江红·日月朗朗

题全国政协书院

日月朗朗，星灿灿，暖风牵袖。书卷卷，万红千紫，古今争秀。线上移灯多取读，线下雄笔飞扬久。齿生香，负手即萦心，思为首。　畅胸怀，论左右。新曲里，从容透。自东君管领，芬芳在手。半亩方塘无限意，一泓翰墨龙蛇走。好时代，换作建言看，由衷厚。

（2022 年 5 月 19 日）

【注】

① 负手：两手反交于背后。

满江红·战台风

2014年7月18日，17级台风"威马逊"登陆海南文昌市，这是1949年以后超强台风第二次登岛。所过之处，一片狼藉。余时任海南省长，第一时间派出由省政府领导同志带队的六个工作组，迅速投入抗风抢险救灾，全省百万民众，同仇敌忾，共渡难关。

水势连峰，南海怒、浪如山脊。天地噎，日星淹没，飓风横袭。屋上瓦飞悬倒木，排云榕树如刀劈。十万急、重整好山河，争朝夕。　　骄阳下，驰不息。高月夜，眠凉席。看群英激荡，一同休戚。莫问危难身远近，苍生自有回天力。须知道，万象又更新，乾坤碧。

【注】

① 排云：排开的云层；

24

②激荡：因受冲击而动荡，喻指战胜台风的信心和决心；

③休戚：喜乐和忧虑，喻指共渡难关。

浪淘沙·又是过江村

连日不开，大雨如注，夜黑如墨。上下同心，协力防汛。七月六日作，寄北京友人。

又是过江村，大雨倾盆。阴风怒吼地吟呻。云暗天低成一色，浊水横奔。　　斩断恶魔身，缰锁龙门。红旗猎猎指英魂。消得肆行成过去，重整乾坤。

（2016 年 7 月 6 日）

【注】

①浊水：浑浊的河水；

②恶魔：洪水；

③消得：需要、须得；

④肆行：非常放纵的行为。

钗头凤·乌云度

六月九日、十日，时逢南京暴雨。用前韵，五和胡彭同志。

乌云度，龙蛇舞，几番风雨神凝住。苍茫透，梅时候。石城鱼浪，下关钟叩。走！走！走！　　红旗处，高低步，去年今日齐心渡。非天瘦，非城旧。最怜规划，最为伤口。佑！佑！佑！

（2017 年 6 月 11 日）

【注】

① 龙蛇：这里指狂风大作；

② 石城：南京古称；

③ 下关：位南京，明时为龙江关。

钗头凤·同心度

谨以此词献给奋战在抗击暴雨一线的人们，依前韵，六和并寄胡彭同志。

同心度，长风舞，霁云倾尽芳菲住。霞蔚透，欢时候。雨收霾退，巷呼街叩。走！走！走！　　肝胆处，归来步，夕阳西照瓜洲渡。休言瘦，音依旧。一川东注，晚安京口。佑！佑！佑！

（2017 年 6 月 12 日）

【注】

① 霁云：雨后的彩云；

② 芳菲：芳香而艳丽；

③ 霞蔚：云霞盛起貌；

④ 一川：长江；

⑤ 注：注入；

⑥ 京口：镇江古城名。

渔家傲·七月江南烟雨里

梅雨连日不开，多处受淹，各地值守加强。余填此词寄战斗在防汛一线的同仁们。

七月江南烟雨里，潇潇沥沥空濛意。天柱一倾霏不止。城憔悴，女娲堪笑悲无计。　　浊水坝头千丈沸，舟车架上风云递。数得今年多少事。人不寐，樽前再为英雄泪。

（2020 年 7 月 11 日）

【注】

① 天柱：神话中的支天之柱；

② 女娲：神话中的创世女神，炼彩石以补天。

摘红英·街头渡

庚子七月，南方各地奋起防汛抗洪。想当年长江抗洪余亦身居一线，不由意发，填此词以寄怀。

街头渡，神凝住，搅天梅雨倾盆注。风声恶，云生浊。闷雷声里，裂楼摧阁。落！落！落！　漫堤处，红旗舞，且将慷慨飞身护。衣衫薄，群英烁。寸肠千断，水中魂魄。搏！搏！搏！

（2020年7月16日）

满江红·千古江城

午间，与省委副书记任振鹤同志话及武汉新型冠状病毒肺炎疫情。余2003年担任江苏抗击"非典"疫情总指挥，深感此次新型冠状病毒肺炎情况更为复杂，疫情至为凶险严峻，必须全民动员，众志成城科学防治。是为记。

千古江城，城欲裂，危难时刻。魔肆虐，龟蛇含泪，山河失色。汉水斜阳悲疠患，蛮风瘴雨人声涩。是一劫，多责又何益？需新策。　　经纶手，重抉择。乾坤动，荆州疾。驾长车奔走，几番收拾。最念岭南钟院士，逆行北上声声急。家国事，忠勇两相随，群英集。

（2020年2月3日）

【注】

① 龟蛇：武汉市龟山、蛇山两胜迹；

② 汉水：喻指武汉；

③ 钟院士：钟南山院士。

沁园春·不是硝烟

献给战斗在抗击新型冠状病毒肺炎一线的医护工作者

不是硝烟，胜似硝烟，断发请缨。入危门世

界，白衣披甲，寸心报国，热血盈盈。救死扶伤，护卫生命，无影灯前天使形。关情处，是夜以继日，何惧牺牲。　　从容大义逆行，举悬壶驱魔向死生。看重症室内，方舱间里，隔离门下，站着忠诚。朝诊东西，夜巡南北，不斩瘟神志不平。归来日，拥杏林春暖，四海晏清。

（2020 年 2 月 6 日）

【注】

① 悬壶：即悬壶济世，喻行医救人；

② 杏林：医学的代称。典出三国时期闽籍道医董奉，据《神仙传》记载："君异居山间，为人治病，不取钱物，使人重病愈者，使栽杏五株，轻者一株，如此数年，计得十万余株，郁然成林。"

水调歌头·万户千家走

写在基层干部抗击新型冠状病毒肺炎一线的日子里

万户千家走，举目月如钩。疫情乍起，联防

联控斩魔头。昨夜东村欹枕，今日西城值守，一日抵三秋。浊浪啸高处，泪眼不能收。　　抚民心，慰民意，解民忧。初心催发，岁寒耿耿筑方舟。天造单元网格，地设不遗不漏，安向险中求。我说克时蹇，基石是中流！

（2020 年 2 月 12 日）

【注】

① 单元网格：现代社会的一种管理模式；

② 时蹇：犹时艰。

采桑子·江城告急频惊起

奉军委命令，1200 名军队医护人员今抵武汉，迅即投入抗击新型冠状病毒肺炎之战场。感而作。

江城告急频惊起，星夜兼驰。空降千骑，赤帜高扬白雪衣。　　争分夺秒为清霁，剑指魑魅。地撼山移，肆虐疫情终有期。

（2020 年 2 月 17 日）

西江月·一缕幽灵飞入

　　七月下旬，禄口机场新型冠状病毒肺炎突起并传染多省多地。2003 年予负责全省"非典"防治，深感"严防死守，疏而不漏"之重要。嗟吁而作此篇，以词存史，别无他意。

　　一缕幽灵飞入，二年三度惊心。江南江北把魔擒，上下同心无寝。　　若要危时过去，仍须户闭门禁。拣分细处见浮沉，自是风吹菊枕。

（2021 年 7 月 31 日）

【注】

① 幽灵：喻指俄罗斯航班带入的变异新型冠状病毒肺炎病毒；

② 三度：去年武汉疫情，今年洪涝和机场疫情再起；

③ 菊枕：双关，菊花枕头，疗疾防疫。亦喻高枕无忧。

七　绝·大疫揪心惊四周

　　八月以来，扬州齐心抗疫，众志成城，

毒魔终将被战胜。余作此绝句，赞奋战在一
线的同志们。

大疫揪心惊四周，

新冠又起袭扬州。

倾城都是分忧者，

同斩瘟神祭早秋。

（2021 年 8 月 9 日）

念奴娇·残阳如血

　　4月8日，吾有幸陪同习近平总书记视察潭门港，慰问民兵连。步东坡《赤壁怀古》韵，为潭门港海上民兵连胜利归来而作一阕。

　　残阳如血，晚晴碧，滨海半湾风物。玉宇连空，帆猎猎，撑起南天半壁。曲岸流澜，沙鸥片片，映出鳞鳞雪。年年今夜，迎来渔子人杰。　　谁会忘却英姿，快舟逐恶浪，战歌声发。渔火星陈，随舰艇，短桨长楫飞灭。椰岛多欢，天涯无限好，古琼生发！赤霞归去，一轮高照新月。

（2013年4月10日）

【注】
　① 晚晴：傍晚晴朗的天色；
　② 风物：风景和物品；
　③ 猎猎：风帆之声；

34

④ 南天：这里指南海；

⑤ 曲岸：弯曲的岸线、岸道；

⑥ 年年今夜：潭门港海上民兵连每年定期出海训练和巡岛，完成任务后返港；

⑦ 天涯：喻指海南；

⑧ 新月：这里指新出的月亮。

浪淘沙·今把故乡归

余患耳疾，蒙习主席等中央领导同志关怀，批准回江苏省工作。作于从海口回南京的飞机上。

今把故乡归，人愿天随。征衣未解带恩回。无雨无风无闹语，坐看周围。　　朝见日巍巍，晚沐余晖。庭前老圃彩云垂。秋菊冬梅分早晚，加种玫瑰。

（2015 年 1 月 6 日）

【注】

① 闹语：喧闹之声。

相见欢·风和日丽金秋

北京 PM2.5 降至个位数。为别阴霾而赋。

风和日丽金秋，月如钩。蔚蔚西山惊透，眼中收。　　断然割，高声喝，不难求。一扫雾霾魑魅，伏源头。

（2015 年 8 月 27 日）

【注】

① 蔚蔚：茂盛貌；

② 割：切割；

③ 喝：喝止；

④ 魑魅：传说中的鬼怪，这里指雾霾；

⑤ 伏：降伏。

相见欢·红旗猎猎驰风

北京。写在九月三日国庆大阅兵前。

红旗猎猎驰风，映长空。又见火花银树夺天

工。　　　号角烈，吼声切，两相融。铁骑雄姿英
发是精忠。

（2015 年 8 月 30 日）

【注】

① 猎猎：风吹动旗帜的声音；

② 天工：天然形成的工巧；

③ 铁骑：勇猛的军队。

永遇乐·何日成风

"四风"乃邦国立业之大敌，必须痛刹。
余作此长短句讽之。虽辞情未达，亦心声也。

何日成风？何时来去？君可知否？掩疾藏
瑕，霓裳遮面，虚语儒冠诉。浮萍游絮，轻蜂媚
蝶，径向东皋掀舞。最堪憎，是非颠倒，觉来已
被耽误。　　　塔西佗阱，西人惊断，恰似渔阳
鼙鼓。日月昭昭，人间正道，还揖真情付。古今
都是，登临上下，两面涂鸦不许。此间说，自吟

自酌，五更心吐。

（2016 年 1 月 6 日）

【注】

① 塔西佗阱：即塔西佗陷阱，西方政治学定律，意思是当政府失去公信力时，出台的任何政策都会被民众认为是坏事而不受欢迎；

② 西人：这里指古罗马历史学家塔西佗；

③ 渔阳鼙鼓：语出白居易《长恨歌》"渔阳鼙鼓动地来，惊破霓裳羽衣曲"；

④ 揖：古代拱手礼；

⑤ 涂鸦：指在公共设施（如墙壁）上的图画或文字。

满庭芳·千步长廊

宿无锡湖滨饭店。佳丽地，能不忆当年整治蠡湖？退渔退田还湖，还太湖美，复蠡湖秀，壮士断腕也。感而作。

千步长廊，百花比缀，雨收烟树苍苍。一风吹过，兰迳发幽香。水打汀洲浅处，微涟漪，白鹭舟旁。更堪那，石桥空影，对浴看鸳鸯。　　泱

泱。曾记否？当年浊界，浑水渔乡。一朝指红旗，
铁骨担纲。翻得蠡湖紫气，织锦绣，换了星霜。
子孙事，岂能懈怠，唤起万人忙。

（2016 年 6 月 12 日）

【注】

① 比缀：连接、装饰；

② 迳：小路；

③ 泱泱：深远广阔，水势浩瀚的样子；

④ 浊界：浑浊的界域，这里喻指污水；

⑤ 蠡湖：又名五里湖，太湖延入无锡的内湖。

西江月·四海五洲家国

　　江苏召开发展大会，邀请江苏籍海内外实
业界、金融界和科技界等1200余名杰出人士与
会，群贤毕至，少长咸集。是日，又至江心洲
植树千余株，勒石"乡贤林"纪之，盛况空前。
因而赋阕，是为记。

　　四海五洲家国，一千二百乡贤。累累勋业未
忘还，水韵烟村以款。　　喜有政佳优势，高歌

虎踞龙盘。隔江新绿涨犹酣，明月清风相挽。

（2017 年 5 月 20 日）

【注】

① 政佳：指好的政绩；

② 新绿：这里指乡贤新栽的纪念林；

③ 相挽：牵手。

采桑子·天蓝水阔风烟净

七月十九日，全省开发区改革创新大会在苏州独墅湖宾馆召开。会议安排参观微软研究院、纳米中心等单位，所见所闻，深感环境优美，产业转型升级步伐加快。随赋一阕以记。

天蓝水阔风烟净，独墅湖头。拙政园幽，夜半寒山月下游。　　吴中自古繁华地，莫说丝绸。今日更牛，数字苏州满眼收。

（2017 年 7 月 25 日）

【注】

① 独墅湖：苏州地区较大的淡水湖之一；

② 拙政园：苏州古典园林，中国四大名园之一；

③ 寒山：苏州寒山寺，唐代诗人张继有"姑苏城外寒山寺，夜半钟声到客船"的名句；

④ 吴中：指苏州。

沁园春·大漠烽烟

兵强则国必强，国强则兵要强。2017 年 7 月 30 日朱日和阅兵感怀。

大漠烽烟，长剑横空，国器重重。看点兵场上，万千将士，钢盔拱立，虎啸生风。又是磅礴，排山倒海，铁流滚滚校检中。忠魂在，护江山社稷，气势如虹。　　南昌岁月峥嵘，九十载军旗血染红。顾当今天下，虎狼环伺，波涛汹涌，鞭指疆封。曾洗乾坤，复收旧物，还我吕伊不世功。争雄势，强国强军梦，物阜民丰。

（2017 年 8 月 2 日）

【注】

① 铁流：军队；

② 峥嵘：卓异、不平凡；

③ 吕伊：吕尚和伊尹，两人皆为开国贤臣；

④ 不世功：极大的功勋。

人月圆·琵琶湖上荷花雨

东郊宾馆，召开领导干部学习会。天公垂爱，降雨两天，夏去秋归矣。喜而赋此阕。

琵琶湖上荷花雨，款步话初凉。暑天初转，炎姿看退，城廓斜阳。　　东郊深处，群英高会，非比寻常。层楼翠壁，花笺写意，扑面清香。

（2017 年 8 月 13 日）

【注】

① 琵琶湖：位于南京市紫金山风景区；
② 荷花雨：夏秋之雨；
③ 高会：重要的会议；
④ 花笺：这里指会议准备的信笺。

霜天晓角·楚风习习

住苏全国政协委员一行二十三人，视察徐州市贾汪区潘安湿地。当年煤矿塌陷区，如今

湖光旖旎，候鸟嬉戏，宜业宜居，资源枯竭型
城市转型走出新路矣。谨书所见。

楚风习习，云影般般碧。依约自然疑梦，无
限意，今胜昔。　　煤尘无处觅，汀州沙草立。
飞鹭落凫眠岸，咫尺望，神情逸。

（2017 年 8 月 23 日）

行香子·万水田涯

兴化，泽国之乡、鱼米之乡。垛田、水森
林、五湖八荡遍布，生态优美，宜业宜居。带
队参观考察有感，作此词以述怀。

万水田涯，千岛黄花。漫无际，垛格横斜。
梓乡胜处，暖日清嘉。有水森林，板桥屋，鲜鱼
虾。　　微风轻拂，芦荻沙沙。软红莲，伏蛰青
蛙。四时可去，岁月交叉。对云天里，霞光处，
是农家。

（2017 年 9 月 15 日）

【注】

① 黄花：这里指兴化市大面积的油菜花；

② 垛格：指兴化市的垛田；

③ 水森林：兴化水上森林公园，面积 1000 余亩，20 世纪 80 年代栽种的水杉、池杉等树木有 10 万余株，现已长成高大茂密、生机盎然的水上森林；

④ 板桥屋：指郑板桥故居，位于兴化市郑家巷；

⑤ 交叉：交替变换。

长相思·田园香

江淮生态大走廊，弃传统工业化发展之路，做区域特色发展之文章。9 月 15 日，省建设江淮生态区推进会在淮安、兴化市召开，号角由此吹响。余参与其中，欢欣鼓舞，并作小词以点赞。

田园香，餐桌香。幸自江淮生态强，千花百卉长。　　昨日忙，今日忙。吴楚风生又一场，转型号角扬。

（2017 年 10 月 6 日）

【注】

① 长：喻指花卉繁茂；

② 吴楚：江淮一带。

菩萨蛮·楚云千里风牵袖

　　昔日黄泛区，如今设施农业生态区。带队考察，为滨海县黄河古道变化而作。

　　楚云千里风牵袖，黄河古道淮杨柳。沙口水清流，腊山山可游。　　无人知是旧，畦陌层层秀。冬果多于秋，暖棚扫雪收。

　　　　　　　　　　　　（2017 年 12 月 3 日）

【注】

　① 腊山：滨海县腊洲山（小丘）；
　② 暖棚：指农家搭建的塑料大棚。

永遇乐·云晚桑榆

　　政协换届，本人不再提名。放下行囊，重入书房，人生一大快事也。故作此阕以释怀。

云晚桑榆，残阳如血，山峦如睡。断想当年，雄风骤雨，浪急人声沸。朝来暮去，牵江挽海，长棹短舟亲率。这情怀，千杯痛饮，请君与我同醉。　　朱颜易逝，精神难老，今与高篇答对。就此归零，柳摇新绿，秋月蝉声脆。读书台上，报时钟下，又是一番慷慨。自今后，平平仄仄，夜来无寐。

（2018 年 1 月 7 日）

【注】

① 桑榆：唐·刘禹锡《酬乐天咏老见示》有"莫道桑榆晚，为霞尚满天"的诗句；

② 高篇：诗文的美称；

③ 平平仄仄：喻习作古诗文。

沁园春·永兴岛

永兴岛，南海之最大岛屿，三沙市之驻地。经 60 多年建设特别是近年大规模吹填造岛，面

貌焕然一新，基地功能日臻完善。余多次登岛
慰问驻军，亦深感国家经略南海意义之重大。
时值戊戌春节，友人自海南来，茶话之余，兴
之作此词以遣怀也。

千里凝云，万水连天，一屿衔空。看危岩峭
立，岸收澎湃；浪喷碎玉，映出飞虹。南海天涯，
鳌头地角，但见边陲浩瀚风。汪洋处，挽狂澜既
倒，砥柱葱茏。　　今朝谁与争锋，列舰艇、三
军俱满弓。想郑和南下，舟师七出，当年事业，
疆至西东。征路相通，江山有幸，换了新姿执手
中。承平日，喜渔歌唱晚，月色溶溶。

（2018 年 2 月 13 日）

【注】

①　舟师七出：指郑和七次海上远航活动，拜访了 30 多个
国家和地区。

摘红英·长江口

出梅数日，大水退去，生机又发。江心洲
漫步即景而作。

长江口，台城柳，风来雨去人依旧。丹霞处，芦花浦。曲栏流影，草间鸥鹭。数！数！数！　　东篱瘦，西墙透，眼收蓬勃沙堤走。个中趣，君知否？水痕虽在，浊流已去。顾！顾！顾！

（2020 年 8 月 1 日）

【注】

① 台城柳：台城，在今南京市鸡鸣山南，原是三国时代吴国的后苑城。唐·韦庄《台城》有"无情最是台城柳，依旧烟笼十里堤"的诗句。

诉衷情·微波传信岁寒时

写在江苏省诗词协会微信公众号上线运行之际

微波传信岁寒时，平添一风姿。踏歌吟咏寄趣，笑语意迟迟。　　清洁地，碧莲池。梦中栖。无形物态，多情邂逅，满眼新诗。

（2020 年 12 月 12 日）

【注】

① 寄趣：寄托情趣。

朝中措·插天寒壁域西凉

　　去年以来，印军屡次在中印边境西段加勒万河谷向我挑衅。祁发宝团长率边防将士奋起反击，英雄们用鲜血捍卫了祖国的安全与尊严。

　　插天寒壁域西凉，铁骨筑铜墙。犯我界河天怒，横眉逐出猖狂。　　藩篱尽拆，金瓯无恙，点检铿锵。赤胆高悬谷口，忠魂千古流芳！

（2021 年 3 月 18 日）

【注】

① 插天：喻高原；

② 藩篱：喻印军哨卡据点；

③ 金瓯：江山疆土。

诉衷情·中流砥柱太平洲

　　遵明龙与朝银同志嘱，赋此词，敬贺扬中市发展促进会第三届会员大会召开。

中流砥柱太平洲，拥翠立潮头。乡贤赤子风发，耿耿初心收。　　春意暖，踏乡愁。解民忧。衷肠尽吐，铢积丝累，护我江州。

（2021年4月25日）

【注】

① 扬中市发展促进会聚集乡贤资源，在服务扬中、增进人民福祉方面作出了自己的特殊贡献；

② 太平洲：扬中市为长江第一大岛，冲沙成陆千年之余。清末时亦有"太平洲"之称谓。

诉衷情·神州万里舞东风

写在庆祝建党百年之际

神州万里舞东风，赤县翠千重。百年回首堪叹，地覆天翻中。　　追岁月，逐长空。战旗红。南湖棹去，横槊依然，浪遏从容。

（2021年3月25日）

【注】

① 南湖：喻指中共一大会址；

② 横槊：指横持长矛，或形容气概非凡豪迈。

七 绝·建党百年感赋

筑梦前行正百年,

初心依旧自红船。

征途已绘千重锦,

仍把春风缀四边。

（2021 年 3 月 25 日）

七 律·赤帜如云满目新

步韵,敬和梅岱同志,观看北京"庆祝建
党 100 周年大会"抒怀。

赤帜如云满目新,

广场含笑舞青春。

战鹰呼啸向天宇,

礼炮声传倾国人。

且约尧风催舜雨,

誓将顽石踏成尘。

从来砥砺无难事，

撸袖经纶挽万钧。

（2021 年 7 月 1 日）

【注】

① 尧风、舜雨：尧、舜行德政，像春风夏雨一样，使百姓受到恩泽。喻太平盛世。

附：梅岱同志诗作

庆祝中国共产党成立一百周年大会感怀

登天安门城楼参加庆祝中国共产党成立一百周年大会，此生之荣幸。触景生情，感慨万千，遂吟七律以述怀。

银燕凌空画景新，

晨钟又报百年春。

心如潮涌思先辈，

情若诗吟颂伟人。

星火燎原开日月，

中流击水洗尘埃。

长歌阔步新时代，

再踏芳华力万钧。

七　绝·如今傲雪亦应时

北京冬奥会，喜降大雪。一作示友人。

如今傲雪亦应时，

负手相看不用疑。

非是苍天讲政治，

只缘冬奥遇佳期。

（2022 年 2 月 13 日）

附：友人和诗

七　绝

正赏雪，接友人词，心境大好，随和之。

岸柳婆娑燕山雪，

山河茫茫春色浓。

挥师三千乘风越，

天助盛会国运隆。

【注】

① 七九看柳；参加冬奥会运动员近三千。

七 绝·燕山风紧雪花飞

依前韵，北京冬奥会即景再咏。

燕山风紧雪花飞，

空谷迷蒙烟亦奇。

万家闭户调羹夜，

正是健儿决胜时。

（2022 年 2 月 14 日）

七 绝·赞冬奥越野滑雪

读唐人高骈诗《对雪》，感其优美，步此
韵，借此景，赋此诗，示敬也。

燕山冀北夜深时,

雪谷腾挪龙虎姿。

曲曲迥回鱼贯去,

高清镜下判分歧。

（2022 年 2 月 16 日）

【注】

① 高清:指高速摄像机。

附:高骈诗作

对 雪

六出飞花入户时,

坐看青竹变琼枝。

如今好上高楼望,

盖尽人间恶路歧。

七 律·今宵送别柳枝摇

写在冬奥会闭幕式之际,依梅岱同志韵。

今宵送别柳枝摇,

天幕空凝圣火高。

石面冰澌无限景，

寒花玉裂带春娇。

一城双奥欢声处，

四海五洲同鸟巢。

君去应知人不远，

莫为噪客附嘈嘈。

（2022 年 2 月 20 日）

附：梅岱同志诗

七 律·冬奥会开幕即兴

家国同欢晓鼓敲，

五环熠熠又还巢。

龙腾虎跃堪惊世，

雀噪鸦鸣愧解嘲。

雪浪飞花迎圣火，

冰墩炫酷动春梢。

时风烂漫开新面，

今夜相逢即故交。

七　律·春條拥翠到中央

　　小文同志微信传来千岸同志美作《北京冬奥会》诗一首。余步韵敬和，写在北京冬奥会、冬残奥会总结表彰大会召开之时。

春條拥翠到中央，

寒景无多入暖阳。

勃勃英姿堂上坐，

煌煌彪列总荣光。

征程又响东风鼓，

转战重回搏击场。

今有勋章天地铸，

明朝再庆举千觞。

（2022 年 4 月 8 日）

【注】

　① 春條：春天花木枝条；

　② 彪列：排列分明。

附：柳千岸同志诗作

七　律·北京冬奥会

交春之日，第24届冬季奥运会在中国国家体育场（鸟巢）开幕，国内外嘉宾云集，数千名冰雪健儿出征，东道主极尽欢迎之情。躬逢其盛，赋诗以记。

素雪浓霜夜未央，

东君会意着春阳。

百寻鸟第添青绿，

万国衣冠沐紫光。

炫目晶花飞玉树，

凌寒健勇走冰场。

琼台放眼开宫阙，

欲为千邦举酎觞。

山水寄畅

古城南岭翠千重。漾春容，意无穷。读书台外，修竹万竿浓。萧寺园中香满袖，花扑扑，落阶红。　仱听山鹊雨山空。水淙淙，谢东风。十年流寓，南北梦相同。故地相逢多旧客，含笑去，夜行中。

——《江城子·过南山》

满江红·钟 山（十首）

一

钟山，又名紫金山，孙中山先生陵寝之地。
是日，适有余暇，旧地重游，作一阕，是为记。

郁郁钟山，微微雨，峭寒时候。松百丈，峰回路转，石碑依旧。天下为公醒目在，阶前独立长低首。摧帝制，方略①建神州，宏图厚。 今相顾，寒食②后。躬一祭，人争叩。是精神未灭，两边牵手。紫阜一抔山麓土，金陵铜铸新街口。最是念，尚有未回还，那堪久。

（2015 年 2 月 1 日）

【注】

① 方略：孙中山先生著《建国方略》；

② 寒食：即寒食节；

61

③ 两边：喻指海峡两岸；

④ 紫阜：这里指紫金山；

⑤ 一抔：《史记·张释之冯唐列传》，一抔，一捧；

⑥ 铜铸：这里指立在南京新街口的孙中山先生铜像；

⑦ 天寿：喻指万古不朽。

二

　　紫金山乃形胜之地，岂容国贼汉奸汪兆铭栖身？1946年国民政府以"有碍国内外视听"为由，夷汪墓为平地，慰民众、昭后世。余亦以长短句述怀。

　　软黛柔青，东南秀，梅花山色。丘苑地，紫冲牛斗，帝陵咫尺。太祖不知身后事，魑魅贪卧山边侧。雷霆怒，直劈逆天冢，除遗厄。　　寻旧地，无纵迹。欢鹭鸰，多云集。问千年悲笑，断然声斥。变节向来都是恨，春秋青史人民刻。吴门路，说与后人听，澄心澈。

（2015年2月6日）

【注】

① 软黛柔青：喻指美景；

② 梅花山：位南京紫金山南麓，我国著名赏梅胜地；

③ 丘苑：小山丘；

④ 紫冲牛斗：相传晋惠帝时，广武侯张华夜观天象，见斗、牛两星宿之间有紫气隐现，遂命人查找，后在城中狱基挖得"龙泉""泰阿"宝剑二柄，原为宝剑光气冲达星际所致；

⑤ 太祖：这里指明太祖朱元璋；

⑥ 魅魑：神话中的害人妖怪；

⑦ 遗厄：喻指汪精卫的粉身遗骨；

⑧ 鹁鸽：鸽子。

三

梧桐，南京之胜景，南京之性格，南京之灵魂。千百年来，或念或唱，或植或伐，或爱或恨，纵横交加。今天是植树节，余赋一长短句以遣怀。

我谓梧桐，钟山道，堪舆一绝。君不见，宛如龙跃，千重万叠。蔽日干霄连亘起，秀林划出惊天裂。形胜地，暑上有余凉，蓬蓬叶。 树莫折，刀莫切。贤者植，焉能截？念乡风慕义，志坚如铁。自古多情悲戚戚，梧桐不是伤离别。风雨后，更看放晴天，枝头鹩。

（2015 年 3 月 12 日）

【注】

① 堪舆：这里指地形地貌；

② 蔽日干霄：高入云霄。唐·刘禹锡《和兵部郑侍郎省中四松诗十韵》有"便有干霄势，看成构厦材"的诗句；

③ 天裂：天上裂开的口子，这里喻指梧桐大道；

④ 贤者：有德行的人，这里指植树人；

⑤ 乡风慕义：向往其风度、仰慕其义行。语出《史记·留侯世家》"陛下诚能复立六国后世，毕已受印，此其君臣百姓必皆戴陛下之德，莫不乡风慕义……"；

⑥ 戚戚：悲伤的样子；

⑦ 伤离别：唐·李绅有"桥边一树伤离别"之语。

四

初夏。迎同仁于中山陵等参观考察点，对景而作。怀古。

钟阜龙蟠，争雄地，纵横捭阖。曾壮烈，六朝帝业，一时喧赫。天国更堪悲一曲，群英千古匆匆客。抚遗迹，华表切春云，清霄色。　　松风入，莺羽立。枝上月，空灵揖。恰人生如寄，不过须刻。休说秦淮兴废事，橹声转处浪花集。宿意远，把笔好纵横，途中觅。

（2015 年 3 月 20 日）

【注】

① 捭阖：开合的意思；

② 六朝：指三国吴、东晋、南宋、南齐、南梁和南陈六个朝代，皆都南京；

③ 天国：指太平天国；

④ 莺羽：《诗经》有"交交桑扈，有莺其羽"句。这里指美丽的小鸟；

⑤ 人生如寄：喻人生短暂。魏晋·曹丕《善哉行·其一》有"人生如寄，多忧何为"的诗句；

⑥ 须刻：片刻。

五

周末闲暇，景区漫步，遇友人小敏同志。虽经年不见，但其风貌依若当年。喜而作，兼以咏春。

春到钟山，遍艳艳，芳草木荣。东风软，点桃花火，半岭翻红。直下平芜千里看，六朝江月画图中。酣畅身，自是适为宜，今古同。　　回首处，遇鲁公。最难忘，叟似童。拍手欢声处，却是重逢。溪水背歌言旧事，夜听窗雨洗尘蒙。别暑寒，尽借柳梢风，轻履容。

（2015 年 4 月 16 日）

【注】

① 东风软：喻风细和畅；

② 直下：这里指登高向前远望；

③ 鲁公：小敏同志祖籍山东，这里是代指；

④ 溪水背歌：喻溪水唱着歌曲欢快向前；

⑤ 尘蒙：尘土蒙蔽。

六

东郊宾馆。观地方发展成就图片展后，作此阕。

钟毓东南，披锦绣，江山如画。悠古意，浩然相对，石头城下。千丈高墙依旧在，百年影印楼前挂。兴废事，村笠煮新茶，农家话。　　白云浅，春雨化。人间乐，高桥架。日边铺彩练，缀连天厦。电掣铁龙飞不断，风摇翠袖迎春夏。争相呼，无限好时光，轻车驾。

（2015 年 4 月 22 日）

【注】

① 钟毓：指受美好自然风光的熏染。清·林则徐《杭嘉湖三郡观风告示》有"江海之所涵濡，膏壤之所钟毓"的语句；

② 高墙：这里指古城墙；

③ 村笠：指戴斗笠的农人；

④ 铁龙：喻指火车、汽车；

⑤ 翠袖：喻指女子。唐·杜甫《佳人》有"天寒翠袖薄，日暮倚修竹"的诗句。

七

紫金山健身步道，遇龙翔同志，归来作。兼以咏夏。

夏到钟山，东岭白，鏊林深处。云半朵，柳丝无力，悠游坠絮。钓水池边风乍起，五峰亭下牛脊雨。雷声声，晴色粉荷香，天然趣。　　问苍天，天不语。天国事，谁司举？笑仙风道骨，算吾多虑。境自心生非物意，白马非马皆人喻。佳丽地，何是一春秋？翩然去。

（2015 年 7 月 30 日）

【注】

① 东岭：这里指东边的山岭；

② 坠絮：喻飘荡下落的树絮；

③ 钓水：水塘；

④ 乍：忽然；

⑤ 牛脊雨：夏日下的小骤雨，一边晴，一边雨，犹如牛脊分界；

⑥ 司举：这里指主管和负责的意思；

⑦ 白马非马：语出战国公孙龙《白马论》。"白马非马"，中国古代的一个哲学命题。

八

陪同南方友人考察苏南，途经钟山园林遇雨。小坐话旧，归来后追记。

细雨蒙蒙，山川静，魏碑高崎。修竹处，格窗朱户，月廊依次。萧寺门前啼鸟少，无梁殿下沧桑意。暮云低，鹤树换秋姿，风刀砺。　　惊岁月，行旅滞。多白发，缘何至？话人生俯仰，任性尘世。欲问旧田何处有，拨云依见归桑梓。历南北，无意转天涯，轩辕致。

（2015 年 8 月 10 日）

【注】

① 修竹：茂密的竹林；

② 萧寺：梁武帝萧衍造寺院，命司徒萧子云书"萧"字，后因称佛寺为萧寺；

③ 无梁殿：建于明洪武年间，为国内规模最大、历史最悠久的砖拱结构殿宇；

④ 俯仰：低头与抬头，这里指时间；

⑤ 轩辕：古代黄帝的名号。传说中姓公孙，居于轩辕之丘，故名曰轩辕。

九

作于读书会间隙。兼以咏秋。

秋到钟山，清气爽，云镶半峰。千万树，媚郊襟带，映日枫红。驰道澄澄霜叶路，斜阳疏影意无穷。对黄花，傲菊斗芳菲，姿不同。　　开口笑，谈醉翁。秋色赋，太师公。道疾风声切，叹惜重重。路转溪头攀折处，唤回平日一从容。夜归来，好月自悠悠，灵谷中。

（2015 年 8 月 26 日）

【注】

① 媚郊：郊野美丽；

② 襟带：如襟似带，喻山川苍翠环绕。南北朝·谢朓《后斋回望诗》有"高轩瞰四野，临牖眺襟带"的诗句；

③ 醉翁：欧阳修；

④ 秋色赋：欧阳修所作美文《秋声赋》；

⑤ 太师公：欧阳修获赠太师公；

⑥ 灵谷：灵谷寺。

十

琵琶湖畔雪后，古城墙上陪友人观景。兼以咏冬。

冬到钟山，空野上，迟阳照雪。芳草去，湖亭舟少，冷枝残叶。唯有岭南生暖意，西园鲜见梅花叠。香气袭，石径可通幽，非佳节。　　古城外，多石阙。神道上，翁仲列。想故人安在，松门宽阔。虽是寒深行客少，雕阑依见吴时月。景无限，待到换春风，从头阅。

（2015 年 11 月 10 日）

【注】

① 迟阳：夕阳；

② 冷枝残叶：喻冬天的花草树木貌；

③ 岭南：这里喻指梅花山；

④ 袭：这里指香气浓烈袭人；

⑤ 石径：石路；

⑥ 神道：拜谒先人的道路；

⑦ 翁仲：陵墓前石人石马等石像；

⑧ 松门：植松树的园门；

⑨ 雕阑：雕饰图案的阑干。五代·李煜《虞美人·春花秋月何时了》有"雕栏玉砌应犹在，只是朱颜改"的词句。

西江月·玄武湖徐行

春水微云飞絮，人歌鸟语城东。吴堤邂逅暗

香浓，柳外兰舟声动。　　小雨一番揉绿，桃花灼灼流红。近蜂远蝶百花中，惹得蒙童追弄。

（2015 年 4 月 3 日）

【注】

① 吴堤：吴地一带的水堤；

② 桃花灼灼：桃花茂盛鲜明，出自《诗经·周南·桃夭》"桃之夭夭，灼灼其华。"

西江月·夜宿东郊偶得

万树梧桐列列，春来春去匆匆。鸣蝉怨意噪东风，戚戚阴虫被宠。　　湖榭亭台堪忆，美龄宫苑残红。纵然六月有芳丛，天热还须少动。

（2015 年 6 月 3 日）

【注】

① 横列：高耸貌，行列分明；

② 宠：偏爱；

③ 湖榭：在湖水上的建筑物；

④ 美龄宫：位钟山风景区以东小红山。

西江月·途中偶得

　　雨后斜阳天气，紫霞湖畔菱荷。红枫阡陌有人歌，别后今年初过。　　银杏孝陵黄透，麒麟神道蹉跎。古都豪杰一时多，今见遗冢几座。

（2015 年 9 月 5 日）

【注】

① 紫霞湖：位钟山风景区；

② 孝陵：指明孝陵；

③ 神道：这里指墓道；

④ 蹉跎：时光流逝。

西江月·清凉山徐行

步前韵

　　玉树朱栏幽径，霜花薄雾残荷。吴人一曲旧时歌，云谷山风赓和。　　寒到宇庭阶上，须知岁月蹉跎。倦容城堞补痕多，廊下亭台可坐。

（2015 年 11 月 10 日）

【注】

　　① 城堞：城上的女墙。

浪淘沙·今日醉山家

　　钟山突现雾凇。嘉树银峰，雾气交融，似落地蟾宫。喜而作。

　　今日醉山家，玉树琼花。冰清玉洁满枝丫。喜物随形千万种，洁白无瑕。　　素界出奇葩，委实堪夸。银装夺目影交加。如织游人争绕树，何必喧哗。

（2015 年 11 月 29 日）

【注】

　　① 玉树：神话传说中的仙树；
　　② 琼花：指雾凇貌；
　　③ 喜物随形：喻雾凇随树枝附着的形态貌；
　　④ 素界：白色的地方。

浪淘沙·又是细秋风

扬州市政府在历史遗存宋夹城兴建体育休闲公园，造福于民，泽被后世。余与振霖、民阳等诸公与会后，走"三道"临"四门"观之。赋此以记。

又是细秋风，流水淙淙。夹城烟阁叠朦胧。"三道"贯通连旧迹，隋馆唐宫。　　南北对西东，四至门空。伫听远寺夜禅钟。好个平山堂上月，倒影湖中。

（2015 年 12 月 16 日）

【注】

① 夹城：指扬州市宋夹城体育休闲公园；

② "三道"：指宋夹城公园内东西向平行的三条大道；

③ 隋馆唐宫：隋朝的屋舍、唐朝的宫殿；

④ 四至：本意指每宗地四邻的名称，这里指公园内东南西北四个城门；

⑤ 平山堂：扬州平山堂。

浪淘沙·参观泰州胡锦涛主席旧居

修竹影兰庭，三井无尘。牡丹逸出日边春。两府掩屏连锦绣，书屋灯明。　　寒暑到三更，南北纵横。而今阆苑作民生。信步窗前风月在，草木清馨。

（2015 年 12 月 18 日）

【注】

① 三井：三个井庭；

② 府：住宅；

③ 书屋：指胡主席读书的房间；

④ 阆苑：传说神仙居住的地方；

⑤ 信步：随意走。

江城子·谁搬碧海到西城

镇江金山湖，系长江之夹江而筑，利国利民利水之工程，风景绮丽。

谁搬碧海到西城？绿波平，夹江成。云砌水中，白鹭歇沙汀。征润州头多翠柳，芦苇处，紫红菱。　　一湖襟带远山青。晚风轻，月生明。北水南山，两步踏三亭。料得渊明知此事，禁不住，泪横横。

（2015 年 7 月 19 日）

【注】

① 碧海：指镇江市金山湖；

② 夹江：镇江金山湖原为长江中的一道夹江；

③ 云砌：云映的意思；

④ 征润州：位镇江市镇扬渡口以东，为长江多年冲击而成的一块沙洲；

⑤ 一湖：指金山湖；

⑥ 襟带：如襟似带，喻山水景物环绕；

⑦ 南山：位镇江市南部；

⑧ 北水：指长江；

⑨ 渊明：陶渊明。

江城子·过南山

古城南岭翠千重。漾春容，意无穷。读书台

外，修竹万竿浓。萧寺园中香满袖，花扑扑，落阶红。　　伫听山鹊雨山空。水淙淙，谢东风。十年流寓，南北梦相同。故地相逢多旧客，含笑去，夜行中。

（2015年7月20日）

【注】

① 南岭：南山；

② 千重：千层；

③ 读书台：谓昭明太子读书之地；

④ 修竹：茂密的竹林；

⑤ 淙淙：水流的声音。

踏莎行·题窑湾古镇

西挽运河，东牵骆马，窑湾泊上帆樯压。南来北去客纷纷，日沉街口声声价。　　十里繁华，千年佳话，高墙别院嫣枝姹。年华不改古风歌，一壶老酒邀天下。

（2015年8月21日）

【注】

① 窑湾古镇：位江苏省新沂市古运河畔，骆马湖边，京杭

77

大运河及骆马湖交汇处，自秦以来即为南北水陆交通码头，商业繁华，物阜民丰，明清时尤甚。古镇特产众多，其中相传李时珍用 40 余种中草药酿制绿豆烧酒，味甘香醇，深得中外游客赞誉；

② 运河：指京杭大运河；

③ 骆马：指骆马湖；

④ 日沉：这里指傍晚；

⑤ 价：这里指讨价还价；

⑥ 高墙：指古镇吴家大院；

⑦ 老酒：指窑湾古镇的绿豆烧酒。

浪淘沙·细雨又蒙蒙

余甚爱湖㳇镇，两至皆遇雨。然雨中湖光山色醉心也，遂作。

细雨又蒙蒙，寂静山峰。绕村白练水淙淙。石涧溪边堆嫩绿，几许殷红。　　乡梦早春中，满目凝空。江南竹海太湖东。负氧离子三万个，撞我心胸。

（2015 年 4 月 30 日）

【注】

① 湖㳇镇：位宜兴市；

② 白练：这里指溪水；

③ 几许：多少、些许的意思；

④ 负氧离子：带负电荷的氧离子，雨后，这种离子增多。

浪淘沙·过洪泽湖生态湿地

万顷举莲蓬，水浸长空。点烟白鹭蓼汀中。短棹长滩飞逝去，落日霞红。　　席地倚芳丛，百里花同。千村黄锦沐东风。惟有楚乡天地阔，今日宽松。

（2015 年 9 月）

【注】

① 万顷：喻面积很大；

② 浸：泡，逐渐；

③ 点烟：喻白鹭飞点水中而引发的涟漪和小水气；

④ 倚：靠的意思；

⑤ 黄锦：黄花、菜花。

满庭芳·茅山红旗湖畔

半岛湖湾，汀州溪岸，揉蓝推绿春光。山川交汇，天宇碧泱泱。且看高楼远墅，争相映、紫

79

阙朱廊。斜桥影，长帆落日，天水共苍茫。　　村庄。溪口上，黄花赤叶，漫道清香。纵间隙悠游，问对扶桑。去了冗烦沉荷，自然性、难得徜徉。归来晚，横窗举首，一曲满庭芳。

（2016 年 3 月 20 日）

【注】

① 揉：来回搓捻；
② 泱泱：这里指云起的样子；
③ 紫阙：喻指好的建筑物、楼台亭阁；
④ 扶桑：树木；
⑤ 冗烦：事务繁杂；
⑥ 徜徉：安闲自得的样子；
⑦ 横窗：窗门、台窗；
⑧ 举首：抬头。

满庭芳·源泽溪头

浮山樱花，十万余株。时值四月，树树怒放，花繁如云，烂漫如海，人流如织。余得闲前观，作此赋以记。

源泽溪头，浮山脚下，万顷樱树花开。漫天摇雪，争唤故人来。阡陌香浓醉我，酣春日，多少徘徊。团团簇，绚眉夺目，恍惚入蓬莱。　　皑皑。凝望处，春妍四野，玉蕊相挨。且前后英姿，蜂蝶芳台。敢问倚窗旧侣，何处好？含笑相猜。披衣去，葛洪故里，游客睡茅斋。

（2016年4月4日）

【注】

① 源泽：喻秦淮河，浮山是其源头之一；

② 浮山：位句容市天王镇；

③ 簇：聚集，或聚成的团，或堆；

④ 恍惚：模模糊糊，这里指仿佛；

⑤ 蓬莱：神话中神仙居住的三座神山之一；

⑥ 旧侣：这里指友人；

⑦ 葛洪：句容人，号抱朴子，东晋道教学者、医药学家。

满庭芳·万水千田

是日细雨。余与吕振霖同志等一行过兴化市千垛泽国之乡。万顷油菜花盛开，蔚为壮观，美不胜收。赋此以记。

　　万水千田，垛洲泽国，满眼都是芳馨。暖风波里，春棹载低云。八卦金沟旧事，不过是、沃土墩墩。如今是，神工妙手，翠浪在花屯。　　销魂。行栈处，观光塔下，雨洗无尘。这天韵茫茫，自溢香喷。纵是不争首秀，却赢得，远近相闻。君知否？向来春意，最美在乡村。

（2016 年 4 月 8 日）

【注】

①　垛洲：指兴化市垛田；

②　棹：小船；

③　八卦：相传兴化垛田是当年岳飞大战金兵摆设的八卦阵；

④　金沟：喻垛内菜花地里的水沟；

⑤　行栈：指垛田里的观光栈道；

⑥　天韵：指自然的风韵；

⑦　首秀：第一的秀丽。

满庭芳·绿映村中

　　高淳桠溪乃中国第一慢城，2010 年由世界慢城联盟授予"慢城"称号。标识蜗牛，倡慢生活。余四月访之，睹天人合一，物盛民丰，思几十年快速发展，积弊也多。有所感，故而作。

绿映村中，粉墙影里，果然尘外幽洲。减匆匆意，纾缓过青丘。尽是高低错落，拥翠地，又见乡愁。贤君也，调羹试火，去了旧烟楼。　　悠悠。花瓣动，流芳路上，问讯蜗牛。奈初露安详，无语羞羞。幸是政佳气爽，除旧俗，裁治从头。归来晚，山清水秀，一步一春秋。

（2016年4月23日）

【注】

① 幽洲：这里指桠溪慢城；

② 纾缓：缓慢或缓和的意思；

③ 拥翠：指叠翠不断；

④ 调羹：本意指喝汤用的勺子、汤匙，这里指治理、调理；

⑤ 试火：这里指革新、治理；

⑥ 羞羞：难为情；

⑦ 政佳：好的从政环境；

⑧ 裁治：剪裁治理。

西江月·题半岛湖岸

几处乔松苍翠，半园修竹琳琅。阶前玉蕊自

芬芳，早晚馨香一样。　　今日心随宽处，明朝淡对浓妆。陶然亭下过荷塘，月白风清舟上。

（2016 年 8 月 27 日）

【注】

① 琳琅：这里指风吹竹林的声音如珠玉；

② 阶：石阶；

③ 陶然亭：喻指阁亭。

沁园春·晚　霞

作于小华山，遣怀，示友人。

片片红云，漫涌轻拢，亦淡亦浓。看满天金碎，流光四溢；百千姿态，聚散无穷。向晚风徐，初收烟水，目送潮头渐向东。春山外，正残阳如血，一泻江中。　　朝来佳丽融融，且把担囊分寄八鸿。喜黄花拥道，翠翻锦绣；衣冠磊落，廖廓心胸。不减归兴，心驰若梦，脱帽披巾问甫公。

何曾有，向故园看去，醉在东风。

（2016 年 9 月 16 日）

【注】

① 金碎：这里指金色的晚霞；

② 向晚：天色将晚，傍晚；

③ 担囊：背囊、包袱；

④ 八鸿：八方；

⑤ 黄花：菊花；

⑥ 甫公：仪表俊美的男子。

沁园春·日　出

作于小华山，遣怀，并答友人。

远水长山，野浅平冈，地涌熙光。驱冷星残月，红霞万道；紫金千里，喷薄东方。摇影山河，神来彩釉，尽染无垠陌上桑。彤彤甚，只金轮翻转，天宇泱泱。　　今来争看朝阳，算了却平生愿一桩。约东西英俊，旧时朱颜；会兰亭意，发慨而慷。自是难禁，从前余事，都付清风流水旁。

心情好，对神州一望，大快文章。

（2016年9月20日）

【注】

① 野浅：这里指原野；

② 熙光：光明，灿烂光辉；

③ 冷星残月：指天亮后未退去的月亮和星星；

④ 摇影：摇动着的光影；

⑤ 彤彤：热烈，通红貌；

⑥ 金轮：指太阳；

⑦ 朱颜：这里指旧友；

⑧ 兰亭意：东晋永和九年，王羲之与谢安、王献之等多位名人在兰亭举办修禊集会，王羲之"微醉之中，振笔直遂"，写下名篇《兰亭集序》。这里喻朋友相聚，抒发欢乐之情；

⑨ 难禁：忍不住；

⑩ 余事：指过去的事。

沁园春·又见黄花

丙申十月，重登南山昭明太子读书台，时见秋菊已放，摇曳芬芳，又林幽谷静，清气弥空，不能不举首高歌也，因而赋阕。

又见黄花，端是新姿，夹道竞开。顾南山推秀，澄清雨水；园亭紫陌，我上书台。渺渺空山，连天古木，萧统先生安在哉！斜阳里，访仙风道骨，一两三杯。　　韶华白发相催，且莫说风霜雨雪归。是青冈日月，江边映照；尘沙南北，慷慨周回。此个精神，从头数起，敢问东风记了谁。推窗看，喜钱塘潮涌，春去秋来。

（2016 年 10 月 16 日）

【注】

① 黄花：菊花；

② 端是：都是；

③ 竞开：竞相开放；

④ 顾：光顾、拜访的意思；

⑤ 推秀：喻秀色铺陈；

⑥ 紫陌：草木茂盛的道路；

⑦ 书台：指昭明太子读书台；

⑧ 渺渺：空旷悠远；

⑨ 萧统：昭明太子；

⑩ 韶华：时光、年华；

⑪ 尘沙：喻风尘仆仆、奔波；

⑫ 慷慨：充满正气，大方；

⑬ 数：历数。

陇头月·雨后散步即景

小院风柔，丝丝垂柳，半掩红楼。东井疏篁，西园积秀，星夜银钩。　　分明雨后云收，却说是、天凉见秋。谁是谁非？无须回首，人在前头。

（2016 年 10 月 10 日）

【注】

① 疏篁：错落有致的竹林、竹园。宋·柳宗元《清水驿丛竹天水赵云余手种一十二茎》有"檐下疏篁十二茎，襄阳从事寄幽情"的诗句；

② 却说是、天凉见秋：引宋·辛弃疾《丑奴儿·书博山道中壁》"却道天凉好个秋"。

陇头月·南京阅江楼即景

依前韵

小院风柔，香阶吐秀，我上层楼。苇岸深深，

长空蔚蔚，天际横舟。　千年天意今酬。帝知

否？狮山半周。檐下金钟，朱宫窗透，阅尽春秋。

（2016 年 10 月 12 日）

【注】

① 阶：台阶、石阶；

② 层楼：高楼；

③ 苇岸：漫长江堤岸边的芦苇；

④ 天际：肉眼能看到的天地相连的地方；

⑤ 天意：圣天的意思；

⑥ 帝：这里指明太祖朱元璋；

⑦ 狮山：南京狮子山，地处长江岸边。朱元璋称帝后决定在狮子山兴建阅江楼，以彰功绩！后虑建国之初，百废待兴，随而停建阅江楼。及 2001 年由南京市政府在狮子山重建。此楼坐落在山顶，占地数十公顷，规模宏大。

陇头月·竹簧桥山村即景

三依前韵

小院风柔，微寒初透，目断霜秋。一岭云霞，

半湾碧水，日日东流。　年年岁岁来游，对桑

柘、乡村自由。山道弯弯，竹亭依旧，老树青牛。

（2016 年 10 月 15 日）

【注】

① 微寒：指轻寒、微冷；

② 桑柘：桑木和柘木，指农桑之事。

陇头月·农家即景

四依前韵

小院风柔，鸡鸣日午，犬嗅门头。旧屋生烟，柴扉香透，童子含羞。　　藤前蔓后霞收。最难忘、池边石榴。夕照红裳，不思归去，夜宿西楼。

（2016 年 11 月 7 日）

【注】

① 嗅：用鼻子辨别气味；

② 柴扉：这里指农家；

③ 红裳：喻榴红。

陇头月·三亚湾即景

五依前韵

　　小院风柔，窗边云过，椰韵悠悠。十里银滩，百般佳丽，千万人流。　　浪花谷里飞舟。伴随了、蹁跹白鸥。最爱天高，一湾映照，独占鳌头。

（2016年12月15日）

【注】

① 椰韵：椰树之风韵；

② 银滩：沙滩；

③ 蹁跹：形容旋转舞动；

④ 一湾：指三亚湾。

陇头月·江边即景

六依前韵

　　小院风柔，江天岸柳，暮水初收。阶下潮平，

91

阶前舟过，竿指津头。　　两三处小青丘，装点了、烟波古洲。遥想当年，依稀陈迹，曹魏孙刘。

（2016 年 12 月 16 日）

【注】

① 岸柳：岸边的杨柳；

② 暮水：指夕阳映照下的江水；

③ 阶：石阶、台阶；

④ 津头：渡口；

⑤ 青丘：小山；

⑥ 古洲：江心洲；

⑦ 曹魏孙刘：三国之曹操、孙权和刘备。

陇头月·宝华山隆昌寺即景

七依前韵

小院风柔，芝兰玉树，御道云稠。半壁空濛，石廊九曲，清律兼修。　　千年古刹僧楼。顿首客、喃喃在喉。试问东君，利名苟且，怎可多求！

（2016 年 12 月 18 日）

【注】

① 宝华山隆昌寺：位句容市，国内最大授传戒律佛寺；

② 芝兰：香草；

③ 玉树：神话传说中的仙树；

④ 御道：相传乾隆六下江南，六上宝华山，六进隆昌寺，栽种了六棵"御道松"；

⑤ 云稠：密集的云；

⑥ 半壁：这里指山陡；

⑦ 清律：佛家清规戒律；

⑧ 顿首：叩头下拜；

⑨ 喃喃：低声语；

⑩ 东君：对人之尊称；

⑪ 苟且：这里指不正当。

陇头月·冬野即景

八依前韵

小院风柔，薄寒栖昼，旷野烟留。冻草霜花，桑田玉瘦，格格渠沟。　　喜看陌上林头，危巢挂、斜阳鸟投。如此生情，不禁失笑，老气横秋。

（2016年12月20日）

【注】

① 薄寒：微寒；

② 栖昼：薄寒停留白天；

③ 冻草：喻冬天的野草；

④ 玉瘦：喻冬天桑枝容貌；

⑤ 危巢：高树上的鸟巢。

陇头月·秦淮河夜夫子庙即景

九依前韵

小院风柔，晚凉时候，檐角银钩。两岸摇红，绿波碎影，软语轻舟。　　河还是向东流。但不再、胭脂烛幽。今日秦淮，万家灯火，是为君留。

（2016 年 12 月 22 日）

【注】

① 檐角：楼之飞檐；

② 摇红：喻红灯光摇动状貌；

③ 碎影：夜间水面涟漪荡漾貌；

④ 胭脂烛幽：喻当年秦淮河为胭粉之地。

陇头月·西津古渡即景

十依前韵

小院风柔，古街塔影，绰韵悠悠。两水三山，铁瓮城外，古渡瓜洲。　　大江滚滚东流。载去了、千君万侯。旧事如烟，朝来暮去，雨退云收。

（2017年1月7日）

【注】

① 西津古渡：长江古渡口。位镇江市，现为一条千米古街；

② 两水：长江、运河。镇江交汇而东去；

③ 三山：指镇江金山、焦山和北固山；

④ 铁瓮城：位镇江市。三国时期东吴孙权依山所筑城堡，状如铁瓮，因此而名。

七　绝·过苏州太湖湿地

柔橹软水绿芳洲，

树密春深映角楼。

芦苇荡中飞白鹭，

吴歌摇出一扁舟。

（2017 年 4 月 19 日）

【注】

① 吴歌：吴地之歌。

七　绝·溧阳南山竹海

坐看清风销翠屏，

卧听破土笋声声。

青溪断出吴峰涧，

黄鸟相随路一程。

（2017 年 5 月 2 日）

【注】

① 坐看：犹行看，闲看；

② 翠屏：这里指南山；

③ 吴峰：吴地之山峰；

④ 黄鸟：黄莺。

七　绝·晚步秦淮河边

两岸依然弱柳枝，

却非过去泪胭脂。

如今舟过形胜地，

带水低垂拂面丝。

（2017 年 5 月 4 日）

【注】

　　① 胭脂：喻指旧时秦淮粉黛之地；

　　② 形胜地：指秦淮风景。

七　绝·横岭晚景

吴山疏雨洗清明，

烟水溪前陌上青。

向晚村头霞散尽，

黄鹂挟影两三声。

（2017 年 5 月 28 日）

【注】

　　① 吴山：吴地之山。

长相思·苏州旅兴

姑苏台，馆娃台。吴越江山花早开，淡烟疏雨来。　　百年槐，千年槐。总是春秋费剪裁，虎丘话夫差。

（2017 年 9 月 30 日）

【注】

① 姑苏台：春秋时吴王阖闾所筑，位于姑苏山上；
② 馆娃台：传说系吴王夫差为西施建造，位于灵岩山上；
③ 春秋：泛指岁月、光阴；
④ 虎丘：位于苏州市区西北，享有"吴中第一山"之美誉。《越绝书》载：春秋吴王阖闾葬于此。

长相思·天目湖旅兴

喜中秋，醉中秋。烟水湖山半日游，借来一小舟。　　思悠悠，荡悠悠。柳色停云见故洲，韶华流水收。

（2017 年 10 月 4 日）

【注】

① 烟水：喻雾霭迷蒙的水面；

② 停云：不动的云。晋陶渊明诗"霭霭停云，濛濛时雨"，后亦喻思念亲友之意。

长相思·过镇江

早清秋，晚清秋。雨去云收北固楼，举头百二州。　　竹径幽，石径幽。俯仰书台莺语柔，霜林垂月钩。

（2017 年 10 月 4 日）

【注】

① 北固楼：位于镇江市北固山上。南宋·辛弃疾《南乡子·登京口北固亭有怀》有"何处望神州？满眼风光北固楼"的词句；

② 百二州：这里指大片的国土；

③ 俯仰：低头与抬头，这里指时间；

④ 书台：谓昭明太子读书之地。

长相思·过水城兴化

湖迢迢，荡迢迢。垛格林杉寒暑调，鹤鸣于九皋。　　去遥遥，归遥遥。楚水城头月上梢，轻舟过板桥。

（2017 年 10 月 7 日）

【注】

① 湖、荡：兴化市有五湖八荡；

② 垛格：指兴化市的垛田；

③ 林杉：兴化水上森林公园；

④ 鹤鸣于九皋：语出《诗经·小雅》。鹤鸣于湖泽深处，比喻贤士身隐名著。九皋：深泽；

⑤ 楚水：谓兴化故城；

⑥ 板桥：地名，这里亦指郑板桥乃水乡兴化人。

江南春·雨后太华山龙珠水库

新雨霁，薄云低。天高山路远，风软水拍堤。

100

沙鸥轻落汀洲去，舟泊西亭红叶稀。

（2017 年 10 月 3 日）

【注】

① 霁：天气放晴；

② 汀洲：水中小洲；

③ 红叶：枫叶。

江南春·宜兴太华山村农家见闻

沙石路，竹林溪。篱门香菜地，黄菊蝶纷飞。

村前村后花多少，闲客闲行湖㳇西。

（2017 年 10 月 3 日）

【注】

① 湖㳇：宜兴市湖㳇镇，竹海之乡。

江南春·风楚楚

丁酉中秋。天目湖。遇雨归来而作，兼寄友人。

风楚楚，雨潺潺。一泓清澈水，烟树醉中看。

寻芳逐翠人无数，垂袖归来稍带寒。

（2017 年 10 月 4 日）

【注】

① 垂袖：松垂在肩下的衣服。

江南春·题溧阳黄家荡养鱼场

尘外地，厼山西。风低吹碧水，凫浴锦鳞池。

渔家春暖客来早，霞落篱门沙燕飞。

（2017 年 10 月 6 日）

【注】

① 厼山：山名，位于溧阳市；

② 凫：野鸭；

③ 锦鳞：鱼的美称。

忆江南·山村速写

烟淡淡，陶柳对斜阳。落照风清霜色里，稻

云轻露谷飘香，白鹅半池塘。

（2017 年 10 月 18 日）

【注】

① 稻云：稻田广阔，一望如云。

定风波·黄岭秋色与友人聚话

楚露吴霜万里烟，山高月小百重天。远近秋
枫成气候，红透，长空雁去白云边。　　当户清
风夕照在，偏爱，门前过客胜常年。闹处人多安
静少，含笑，为君援笔到灯前。

（2017 年 11 月 11 日）

【注】

① 当户：对着门户；

② 援笔：执笔。

咏 秦 淮（十首）

一

一咏秦淮二月中，

石城雨打度春风。

间梅疏柳归舟晚，

桃叶渡头水墨容。

（2020 年 2 月 20 日）

【注】

① 桃叶渡：南京古迹。相传王羲之爱妾名"桃叶"，常来往于秦淮河两岸之间，故得名。

二

二咏秦淮次第春，

雨收两岸物华新。

莺飞草长波光滟，

楚客他乡遇故人。

（2020 年 2 月 22 日）

三

三咏秦淮习习风，

龙舟竞渡桨声同。

万头攒动争相看，

十里搴旗捶鼓中。

（2020 年 2 月 23 日）

【注】

① 搴旗：高举旗帜。

四

四咏秦淮径自流，

潇潇夜雨水悠悠。

乌衣巷口天涯客，

燕子矶头别晚秋。

（2020 年 2 月 26 日）

【注】

① 燕子矶：长江三大名矶之首，素有"万里长江第一矶"的称号。

五

五咏秦淮万古流，

东归大海不知休。

六朝兴废存亡事，

尽在石城一水收。

（2020 年 2 月 28 日）

【注】

① 六朝兴废：宋·张昇《离亭燕·一带江山如画》有"多少六朝兴废事，尽入渔樵闲话"的词句。

六

六咏秦淮古渡头，

抱城曲水夜行舟。

金钩落在西桥畔，

侧岸初成五月榴。

（2020 年 3 月 1 日）

【注】

① 金钩：月亮。

七

七咏秦淮上下游，

蝉鸣两岸水更幽。

瞻园一局君臣对，

角弈原为绕指柔。

（2020 年 3 月 3 日）

【注】

① 瞻园：南京明代古典园林；

② 君臣对：瞻园内建有对弈楼，相传明太祖与大臣徐达在此对弈；

③ 绕指柔：语出晋·刘琨《重赠卢谌》"何意百炼钢，化为绕指柔"，指柔软至极。

八

八咏秦淮柳叶抽，

软丝撩动送春柔。

清凉山上微微雨，

隔水相望白鹭洲。

（2020 年 3 月 5 日）

九

九咏秦淮近水楼，

听筝阁上月如钩。

得闲且举春秋酒，

愿作人间不系舟。

（2020 年 3 月 6 日）

【注】

① 不系舟：喻自由不受束缚。

十

十咏秦淮岁月稠，

东望鹤岭不胜收。

今朝人过栖霞寺，

始信伽蓝已染秋。

（2020 年 3 月 10 日）

【注】

① 鹤岭：仙道所居山岭；

② 伽蓝：佛教语，这里指佛寺。

十六字令·黄山途中（六首）

风

风，百里黄山十万松。惊春早，尘绝翠千重。

（2020 年 4 月 19 日）

松

松，铁骨铜皮雾裹峰。惊回首，根植乱崖中。

（2020 年 4 月 19 日）

峰

峰，峦叠莲花各不同。惊霄峙，石壁断其风。

（2020 年 4 月 22 日）

游

游，云海蜃楼夏似秋。风牵袖，驾鹤问青牛。

（2020 年 4 月 22 日）

【注】

　　① 驾鹤：相传仙人浮丘公在黄山驾鹤驯白鹿，遇青牛入水为龙之说。

秋

秋，玉露侵衣莫久留。天将暮，西岭月如钩。

（2020 年 4 月 24 日）

留

留，鸟唱溪歌浅水悠。人依旧，赢得片时游。

（2020 年 4 月 24 日）

忆秦娥·山村早

吴村寓宿，随笔。

山村早，春来蝶舞花枝俏。花枝俏，谢家归燕，多少欢叫。　　隔溪东侧梧桐道，天垂四野音尘少。音尘少，此时此处，读书正好。

（2020 年 6 月 3 日）

【注】

① 寓宿：寄宿。

忆秦娥·踏乡愁

吴村寓宿，随笔。

踏乡愁，去年今日看村头。看村头，十分春色，几处红榴。　　风生萍末岚光浮，晚凉人适清溪收。清溪收，浩歌拍手，流水悠悠。

（2020 年 6 月 5 日）

忆秦娥·夜斑斓

镇江西津渡历史文化街区随想

夜斑斓，西津古渡无归船。无归船，潮生潮落，休说相关。　　三山本是江中帆，只缘法海推波澜。推波澜，不应有恨，添了平川。

（2020 年 6 月 7 日）

【注】

① 三山：镇江金山、焦山、北固山，经长江水道多年变迁，三山已从江中位移南岸；

② 法海：即法海禅师；

③ 平川：指长江走势变化而新长出的河滩绿洲。

忆秦娥·古江山

石头城怀古，亦戒心倦。

古江山，金戈铁马曾千般。曾千般，冬来春

去，多少悲欢。　　落英待扫林中还，老寒风月尤须看。尤须看，闲中点检，经过知难。

（2020年6月7日）

【注】

① 落英：落下的花。

西江月·曲径短溪风净

山村民宿

曲径短溪风净，矮墙瘦石梨花。窗边手摘岭头霞，人在杜鹃声下。　　一岁一回来住，寸金寸土人家。眼前明快不奢华，碗底两排鱼鲊。

（2022年5月27日）

物情遣兴

春风度，春花舞，满湖春色葱茏住。芳菲透，香时候。草堤波影，鹭鸶轻叩，走！走！走！　斜桥处，闲云步，小舟低语来相渡。形虽瘦，神依旧。人言颇老，笑谁开口？友！友！友！

——《钗头凤·春风度》

七　律·元旦回南京

元旦回宁，友人相邀于钟山草地，感而作。

暖日融融乌鹊啼，

谁知昨日雪花奇。

紫金山下东郊处，

玄武楼前燕子栖。

朱雀桥边新霁暖，

乌衣巷口夕阳低。

喜来石岭梅花地，

时见南枝小萼稀。

（2015 年 1 月 1 日）

【注】

① 南枝：长在南面的树枝；
② 萼：在花瓣下部的一圈叶状绿色小片。

采桑子·别离南国长相忆

友人自南方来，相见甚欢。归屋赋，兼以述怀。

别离南国长相忆。三亚椰风，琼海葱茏，尤爱崖州木棉红。　　白驹过隙春归去。璀璨群公，时有相逢，地北天南笑谈中。

（2016年2月7日）

【注】

① 南国：这里指海南；
② 崖州：这里指三亚；
③ 木棉：木棉花树；
④ 白驹过隙：喻指时间过得很快，光阴易逝。

满庭芳·学语喃喃

孙儿三岁，节日回宁，欢乐不止，题之以寄。

学语喃喃，丹唇昵昵，一笑清丽花容。俏嗔

羞态，呼我到墙东。戏捉迷藏几许，寻声去，老少相拥。娇含立，天然蕴秀，好个剑眉浓。　　春风！谁不羡，芬芳倾倒，拾翠重重。喜柔嫩梢头，小叶偷红。多谢东来紫气，吹开了，碧水芙蓉。人正是，天相地骨，新月映长空。

（2016 年 5 月 27 日）

【注】

① 蕴秀：孕育优秀的意思；

② 拾翠：语出曹植《洛神赋》："或采明珠，或拾翠羽"句，这里喻指叠翠尽入眼帘；

③ 天相地骨：喻指仪态俊秀。

满庭芳·一水西来

是日，与友人徜徉黄浦江畔。目及江上舟旅不断，亦思年少农耕，桨摇纤步，风餐露宿，历半月有余至上海吴淞化工厂，农船装载氨水返乡。景似同，兴绪不能止，由此赋阕。

一水西来，九湾东去，送走多少春秋。石栏亭下，浪打夜行舟。汽笛声声唤渡，晚霞里，白羽轻鸥。江天色，万家灯火，新月照高楼。　　曾游。追往事，断肠柔橹，风雨兼收。是为稻粱谋，左右无求。今对韶华渐逝，又回首，少作绸缪。轻波起，天公作美，潮涌浦东头。

（2016 年 6 月 17 日）

【注】

① 一水西来：一水，这里指黄浦江。辛弃疾《沁园春·再到期思卜筑》诗句化用；

② 绸缪：这里指缠绵、多情。

西江月·南苑云摇堤柳

立秋日，寄北戴河休假友人。

南苑云摇堤柳，北池香砌风柔。荷花影里好清幽，难得凭栏时候。　　又是一年风雨，举头惊见凝秋。窗前竹影读书楼，莫说朱颜偏瘦。

（2016 年 8 月 7 日）

【注】

① 南苑：南边的花园；

② 北池：北边的池塘；

③ 朱颜：这里指面容、脸色。

西江月·故乡行

低树烟波村里，粉墙带水人家。春来秋去有黄花，点缀缤纷如画。　　多谢故人邀我，三年两度听他。莫言鬓白叹年华，归去窗边夜话。

（2016 年 8 月 21 日）

【注】

① 粉墙：白色的墙壁；
② 带水：紧挨着水。

西江月·向晚归来窗下

周日，海南东军同志一行到宁，考察留住乡愁之事。相见甚欢，抵足而语。感而作，兼以述怀。

向晚归来窗下，转身依见红霞。难忘琼海木棉花，白练银滩三亚。　　两水逶迤如练，千姿百态南沙。友人笑我不安家。留作抽身度假！

（2016 年 8 月 25 日）

【注】

① 木棉花：南方的乔木树，春季花盛；

② 白练：喻沙滩；

③ 两水：指海南省的万泉河、昌化江。万泉河源五指山，昌化江源黎母山；

④ 南沙：南沙群岛。

画堂春·咏　梅（四首）

一

寄友人

潇潇春雨隔窗纱，梦溪临水人家。清风香逸影斜斜，玉树沙沙。　　休说寒凉来去，年年争说由它。谁能不语走天涯？君子梅花。

（2017 年 2 月 1 日）

【注】

① 梦溪：宋·沈括故宅地，在今镇江市；

② 香逸：香气逸出；

③ 玉树：美好树姿，这里指梅花；

④ 不语：这里指不说话。

二

　　寓吴村，寄友人。

　　江南今日冻云霞，亦知北国非佳。薄寒山色问东家，阴盛阳差。　　向晚始来风歇，主人炊煮红茶。临栏惊见透春芽，蓓蕾梅花。

（2017 年 2 月 2 日）

【注】

① 冻云：严冬的阴云；

② 北国：这里指北方天气；

③ 薄寒：微寒；

④ 向晚：天色将晚，傍晚。

三

　　吴山旧游，喜出望外，观得石壁寒梅数枝，随赋长短句记之。

　　晚天峰岭暮云遮，寒桥横断山崖。野藤曲铁

乱如麻，咫尺天涯。 且看石间红蕊，依依风雪为家。不争春意媚纷华，唯我梅花。

（2017 年 2 月 4 日）

【注】

① 吴山：江南之山；

② 旧游：故地重游；

③ 暮云：这里指晚云重；

④ 咫尺：距离很近；

⑤ 红蕊：这里指梅花；

⑥ 春意：春天气象；

⑦ 纷华：热烈繁华。

四

寄友人

江村一色日西斜，粉墙黛瓦人家。早春二月赤烟霞，冷暖交加。 休说少陵相忆，焉知暗换年华。参差喜见到天涯，记取梅花。

（2017 年 2 月 7 日）

【注】

① 粉墙黛瓦：白色的墙壁和青色的瓦；

② 少陵：杜甫，号少陵野老，有"蜀州东亭送客逢早梅相

忆见寄"诗；

③ 暗换年华：秦观《望海潮》有"东风暗换年华"句，这里指冬去春来；

④ 参差：唐·孟郊《旅行》有"野梅参差发，旅榜逍遥归"句。

忆秦娥·春一曲

光大集团双宁先生见余作《忆秦娥·诚难得》长短句后，嘱可再赋一首，并谓上阕去自然霾，下阕去心中霾。此嘱禅意凿凿，余高铁返宁途中再作，兼答。

春一曲，古都如洗非风雨。非风雨，山高月小，醉看天宇。　　四时有变何多虑，莫为物我添情绪。添情绪，愁肠千结，老庄都惧。

（2017 年 3 月 20 日）

【注】

① 古都：北京；

② 非风雨：不是风雨，这里喻指北京的好天气，一度时期主要靠刮风和下雨带来；

③ 物我：古语有物我两忘说；

④ 老庄：老子、庄子。

钗头凤·春风度

翠微湖上作

春风度，春花舞，满湖春色葱茏住。芳菲透，香时候。草堤波影，鹭鸶轻叩，走！走！走！　斜桥处，闲云步，小舟低语来相渡。形虽瘦，神依旧。人言颇老，笑谁开口？友！友！友！

（2017年6月3日）

【注】

① 葱茏：喻草木青翠而茂盛；

② 芳菲：芳香而艳丽；

③ 鹭鸶：水鸟；

④ 颇老：这里指廉颇。

钗头凤·诗歌度

步前韵，和《中华诗词》杂志社胡彭同志。

诗歌度，天钧舞，墨翻书屋春秋住。玲珑透，

欢时候。词章千古，首尾参叩。走！走！走！　　高
雅处，纤纤步，月华宫里清风渡。人虽瘦，姿依
旧。燕州巾帼，业界佳口。友！友！友！

（2017年6月6日）

【注】

① 天钧：喻天上的音乐；

② 参叩：参酌叩问，这里指前后呼应；

③ 纤纤：小巧或细长柔美；

④ 月华宫：指月宫；

⑤ 燕州：这里指北京；

⑥ 业界：这里指诗词界。

钗头凤·行云度

再步前韵，和胡彭同志。

行云度，风裳舞，一川烟水乡愁住。江南透，
芳菲候。雨添新绿，晓莺声叩。走！走！走！　　春
眠处，香泥步，石城舟在桃花渡。篱门瘦，乌衣

旧。斜阳夕照，醴泉甘口。友！友！友！

（2017 年 6 月 8 日）

【注】

① 风裳：喻指飘忽的衣裙。唐李贺《苏小小墓》诗："草如茵，松如盖。风为裳，水为佩"；

② 芳菲：芳香而艳丽；

③ 晓莺：这里指黄鹂；

④ 香泥：芳香的泥土；

⑤ 桃花渡：南京古渡；

⑥ 篱门：竹篱的门；

⑦ 乌衣：乌衣巷；

⑧ 醴泉：甘甜的矿泉水。

钗头凤·关山度

步前韵，四和胡彭同志，为南海三沙市驻军题照。

关山度，南风舞，海天明月天涯住。汗衣透，礁岩候。勒兵千里，警钟声叩。走！走！走！　　登临处，英雄步，浪高流急方舟渡。珊瑚瘦，蟾宫旧。吴刚端酒，柳营传口。友！友！友！

（2017 年 6 月 10 日）

【注】

① 勒兵：《汉书·武帝纪》："勒兵十八万骑，旌旗径千余里，威震匈奴。"这里指陈兵；

② 登临：登高临下；

③ 方舟：《圣经》中的故事，即诺亚方舟，根据上帝之意建造的大船；

④ 吴刚：神话传说中居住在月亮上的仙人；

⑤ 柳营：军营。《史记·绛侯周勃世家》记载，汉文帝时，汉军分扎霸上、细柳等地，以备匈奴。后柳营代之军营。

上阳春·英姿天付

礼赞白玉兰。寿友人。

英姿天付，高耸斜阳处。素面自天然，浑是雪，缤纷玉露。万蕊千萼，里外俱清莹，香气吐。莺燕舞，皎皎花无数。　　形容不尽，免得群芳妒。好在海棠开，德有邻，欢颜一路。太华山下，

127

说与故人听，时易失，多眷顾。春影徐徐步。

（2017 年 7 月 9 日）

【注】

① 天付：上天授予；

② 素面：不施粉黛之天然美颜；

③ 浑：简直；

④ 皎皎：洁白貌；

⑤ 德有邻：出自《论语·里仁》"子曰：德不孤，必有邻"；

⑥ 故人：旧友。

如梦令·一抹夕阳烟树

过无锡蠡湖新城。示友人。

一抹夕阳烟树，五里月亭秋露。今日效陶朱，荷影晚霞柔橹。佳处，佳处，约个故人同住。

（2017 年 8 月 26 日）

【注】

① 蠡湖：又名五里湖，位无锡市，太湖之内湖，相传范蠡泛舟之处；

② 五里：即五里湖；

③ 陶朱：范蠡，号陶朱公；

④ 柔橹：操橹轻摇。

长相思·家山行见闻（十首）

一

南山青，北山青。雨过云收秋水生，幽蛩侧耳听。　　东村藤，西村藤。紫陌桥头千步亭，故乡夜月明。

（2017年9月2日）

【注】

① 幽蛩：幽僻处的小虫子；

② 紫陌：郊野间的道路。

二

快一程，慢一程。拾翠山庄秋色明，两三鸡犬声。　　昨也听，今也听。簇簇黄花伴我行，草堤尘路轻。

（2017年9月3日）

【注】

① 黄花：指菊花；

② 轻：轻快、轻松。

三

　　大沙汀，小沙汀。霞落池塘山作屏，江南柳
絮轻。　　　日西倾，月西倾。两袖清风渔市行，
价高暗自惊。

（2017 年 9 月 4 日）

【注】

　　① 渔市：渔业市场。

四

　　风丝丝，雨丝丝。柳舞河湾婀娜姿，江南第
一枝。　　　朝迟迟，暮迟迟。刀剪春秋流水知，
无非几首诗。

（2017 年 9 月 6 日）

【注】

　　① 迟迟：渐渐、慢慢；
　　② 春秋：泛指岁月、光阴。

五

　　水花生，水中生。长到河心也不停，吴船空

有名。　　　港汊横，小桥横。横出黄云天放晴，江南水做成。

（2017 年 9 月 7 日）

【注】

①　水花生：江南多见的水生草本植物，生长速度快，极易覆盖水面、堵塞航道；

②　吴船：吴地小舟；

③　港汊：河汊，小河的分支。

六

草虫鸣，雉鸡鸣。桂馥兰香五谷登，牯牛岭下耕。　　　煮吴羹，烩年羹。日落时分烟霭升，瘦肩是劳生。

（2017 年 9 月 11 日）

【注】

①　雉鸡：野鸡；

②　馥：香；

③　吴羹：用蔬菜煮成的羹，多见于吴地；

④　年羹：过年吃的羹汤；

⑤　劳生：辛苦劳作的生活，这里指农民。

七

柳梢青，竹梢青。水绕溪桥阡陌横，小舟傍

岸行。　　　渠下萤，沟上萤。隐隐稻粱花似星，雨蛙一片声。

（2017 年 9 月 15 日）

【注】

① 阡陌：田间小路。

八

竹篱墙，木栅墙。古柏村头金菊黄，君生石笋旁。　　　花沁香，草沁香。好客农家鲜果尝，夜风不觉凉。

（2017 年 9 月 20 日）

【注】

① 石笋：挺直的石头，其状如笋；
② 沁：浸润。

九

蜂儿忙，蝶儿忙。花雨梨云草木香，晚霞收路旁。　　　粽叶长，艾叶长。月拥吴村竹影墙，故乡是溧阳。

（2017 年 9 月 22 日）

【注】

① 花雨：落花如雨，形容彩花纷飞；
② 梨云：指梨花。

十

五里湖，西子湖。绿水粼粼岚翠浮，扁舟穿荻芦。　　浓亦无，淡亦无。范蠡三迁千岁除，笑他魏蜀吴。

（2017 年 9 月 23 日）

【注】

① 五里湖：又名蠡湖，位无锡市，太湖之内湖，相传范蠡泛舟之处；

② 西子湖：即杭州西湖；

③ 岚翠：青绿色的雾气；

④ 荻芦：芦苇；

⑤ 范蠡三迁：春秋时期的范蠡，忠以为国，智以保身，商以致富，人生三次进退皆有所成，名闻天下。

长相思·到秦淮

早晨，友人微信传来《长相思·秋日感怀》一首，余依韵即作并寄答。

到秦淮，过秦淮。千古风流安在哉，闲云莫

挂怀。　　醉眼开，笑口开。桃熟梅黄依次挨，故人蹊上来。

（2017 年 9 月 28 日）

【注】

① 千古风流：喻指历史上的杰出人物；

② 挂怀：关怀、挂念；

③ 故人：旧时友人；

④ 蹊：小路。

醉太平·寄友人

累累勋名，英姿蜚声。铜陵便是调羹，纵横议梦醒。　　嘉容懿行，魂牵复兴。安邦又见陈平，披衣万里征。

（2017 年 10 月 28 日）

【注】

① 蜚声：扬名，有名誉；

② 铜陵：安徽铜陵市；

③ 调羹：本意指喝汤用的勺子、汤匙，这里指治理、调理；

④ 懿行：美好行为；

⑤ 陈平：汉初大臣，传曾为刘邦六出奇计，后任丞相。

忆秦娥·遣 怀

　　过端阳，年年此节回家乡。回家乡，榴花正绽，蒲艾来香。　　闲居归客鬓已霜，留春亭下欣然望。欣然望，巧莺声脆，槐树枝傍。

（2020 年 6 月 13 日）

摘红英·南村口

原韵赓和胡彭同志，兼怀吴村。

　　南村口，门前柳，梨花带雨乡情旧。梅溪处，黄芦浦。水边幽影，得闲沙鹭，数！数！数！　　人偏瘦，云霞透，我傍春信东风走。农家趣，君知否？草堤如绣，钓竿当去，顾！顾！顾！

（2020 年 8 月 3 日）

凤箫吟·走天涯

友人自南方来，有怀旧事，直笔一作。

走天涯，携风裹雨，南山北水都看。朝踏芳草露，夜投民宿，非是贪欢。垂空横斗见，好分明，岁月循环。呵手抚新痕，扶贫屋里嘘寒。　　拳拳！事非经过，安知得？件件艰难。年华有几许？留春亭下客，怕唱阳关。而今人渐老，步尚健，休说阑珊。推坐去，披襟四顾，檐下婵娟。

（2021 年 1 月 14 日）

【注】

① 阳关：这里指王维的《阳关曲》；

② 阑珊：衰落、凋零；

③ 婵娟：月亮、月光。

长桥月·老　街

　　霜塔偏东，古街灯火红。锅盖和汤煮面，风味美，话乾隆。　　茶盅，颜色同，随分乡趣浓。俄见岁华傍晚，须自暖，着宽松。

　　　　　　　　　　（2021 年 1 月 19 日）

【注】

　　① 镇江锅盖面，相传自乾隆光顾而闻名遐迩。

长桥月·老　屋

　　依旧篱墙，　柴门沙道旁。一架藤萝细剪，沿斗壁，绕阶廊。　　泥香，天已凉，瓦窗衔夕阳。入夜寒暄旧趣，童面涩，读书郎。

　　　　　　　　　　（2021 年 1 月 22 日）

【注】

　　① 瓦窗：用瓦片砌成的窗户。

137

长桥月·老　友

朔风依旧，吹得花枝瘦。照眼琼英飞去，漫

天舞，寒中守。　　知否？梅是友。放翁常牵手。

介甫绕墙非雪，香一路，清茶候。

（2021 年 1 月 28 日）

【注】

① 放翁：陆游，《卜算子·咏梅》为其所作；

② 介甫：王安石，其"墙角数枝梅，凌寒独自开，遥知不
是雪，为有暗香来"之诗，乃千古名篇。

长桥月·老　酒

兰亭逸友，咸集诗肩瘦。更有项庄虚剑，刘

伶醉，诗仙斗。　　悠久。醇且厚，劝酬休贪口。

惟愿诸君强健，多慷慨，百年走。

（2021 年 1 月 30 日）

【注】

① 兰亭逸友：晋王羲之、谢安等风流雅士，在兰亭咏觞聚会；

② 刘伶：竹林七贤之一，善饮，相传一醉三年方醒；

③ 诗仙斗：李白号诗仙。杜甫有"李白斗酒诗百篇，长安市上酒家眠"句。

长桥月·老　妻

和气清扬，少闲人自忙。最是家长里短，宽窄处，共徜徉。　　鬓霜。娥素装，老身书卷香。相伴情柔似水，种菊去，绕篱墙。

（2021 年 2 月 1 日）

长桥月·老　牛

一犁春早，曲径斜阳照。俯首甘为轭套，耕

139

作债，何时了。　　噬草。牙尚好，背间莺儿跳。多少风霜雨露，都注入，寻常道。

（2021 年 2 月 5 日）

长桥月·老 茶

窗对兰亭，翠盘金叶横。玉碗龙团半展，风雨过，水波平。　　分斟。香气盈，浊清人自明。陆羽陶公好客，仙露满，两关情。

（2021 年 2 月 8 日）

【注】

① 龙团：老茶有龙团凤饼之说；
② 陆羽：茶圣，著《茶经》；
③ 陶公：陶渊明。

长桥月·老 歌

金曲吴声，蹁跹别样情。拍手相看左右，虽

旧碟，不曾停。　　堪听！承太平，春风斗古城。

笑语唤回乡梦，如此近，下阶行。

（2021 年 2 月 9 日）

【注】

① 吴声：江浙一带有吴腔越韵之说，这里喻指有吴地乡音的歌唱声；

② 旧碟：旧的碟片；

③ 春风斗古城：喻 20 世纪 60 年代的电影《野火春风斗古城》；

④ 下阶：喻退休。

七　绝·京辇传书意不轻

梅岱同志传来七绝一首，予捧读良久，深感梅岱同志恩重如山。是年予耳疾甚重，专程赴京汇报并修书致习主席。承主席和梅岱等领导同志亲自过问，予叶落归根，终身不能忘怀。步梅岱同志韵，赋绝句一首。

京辇传书意不轻，

红墙内外护苍生。

当年幸得垂天问，

方有今归故里成。

（2021 年 4 月 21 日）

附：梅岱同志诗作

读定之同志《垂袖归来》

读定之同志大作颇受益，有感而吟。

垂袖归来雅步轻，

诗心笃志任平生。

寄情最是江淮水，

村酒经年老更成。

西江月·《七情集》（八首）

一

读良玉老书记《七情集》第一篇散文"我
的黄山情怀"而作

大爱为谁俯仰，大情系在黄山。拨云手指豁胸宽。一纸襟怀百感。　　奇石奇松奇水，徽州徽派徽班。莫言尘后梦中看，字字珠玑肝胆。

（2021 年 7 月 18 日）

【注】

① 一纸：指"我的黄山情怀"文章；

② 奇水：黄山的泉水；

③ 尘后：喻退出领导岗位。

二

读良玉老书记《七情集》第二篇散文"我的残疾人情感"，兼为扬中市慈善总会题作。

大德向来行善，大治首选平安。扶贫解困踏余寒，社稷苍生两担。　　最是病身堪痛，更须助力伤残。莫教愁脸夜无眠，万户千家细勘。

（2021 年 7 月 18 日）

三

读良玉老书记《七情集》第三篇散文"我的三农情怀"而作

山水林田湖草，乾坤莫负三农。江山社稷在其中，邦本千年未动。　　往事回头笑去，喜看盛世相逢。玉笺佳句鼓东风，报我丰收入梦。

（2021 年 7 月 19 日）

【注】

① 习近平总书记曾指出："农为邦本，本固邦宁"；

② 玉笺佳句：喻良玉老书记"我的三农情怀"文章。

四

读良玉老书记《七情集》第四篇散文"我的家乡情结"而作

乡语寄思知足，他年嫩腕荷锄。瘦肩担雪踏寒途，百转千回在目。　　野旷林低木屋，一山两水相呼。初心依旧守清都，家国情怀秉烛。

（2021 年 7 月 20 日）

【注】

① 一山两水：为"我的家乡情结"一文中，写的长白山、松花江和辽河；

② 清都：喻北京。

五

读良玉老书记《七情集》第五篇散文"我所体悟的民族情谊"而作

一片冰心肠热，二鬓如雪神凝。月高犹在塞边行。大漠横烟身影。　　夜枕清风口岸，梦牵邦国安宁。披襟秉笔有新声，慷慨文章斗柄。

（2021 年 7 月 20 日）

【注】

　　① 斗柄：北斗柄部的三颗星。

六

读良玉老书记《七情集》第六篇散文"我所认知的水乡情韵"一文而作

十万河山锦绣，雄文追忆相酬。天生豪逸九霄收，一水牵情德厚。　　虎踞龙盘多谋，梦萦魂绕乡愁。苏南苏北铸春秋，大业垂荫政后。

（2015 年 10 月 2 日）

【注】

　　① 十万：喻指江苏十万平方公里国土面积；

　　② 虎踞龙盘：喻南京。

145

七

读良玉老书记《七情集》第七篇散文"我
所感怀的人文情理"而作

敢问情为何物，人间莫过昭忠。燕呼莺答也
相同，千古丰碑高耸。　　芳草祠前玉碎，义重
折翅园中。虽无王勃醉书空，但有湖边雁冢。

（2021 年 7 月 22 日）

【注】

① 昭忠：大忠；

② 王勃：初唐文学家；

③ 书空：喻写作；

④ 雁冢：《俞曲园笔记》载：无锡荡口镇一书生悯心买雁
畜园为玩。一日群雁飞过，忽有一大雁自空而下，眷园中之雁
哀鸣不止。书生知其为旧偶，欲放归。然此雁系猎人所捕，折
翅已久，故屡飞屡坠。大雁不忍离去，留园厮守相伴，不日双
双俱毙。书生感其大雁徇情，合而葬之。故有"雁冢"一处。

八

读良玉老书记《七情集》出版说明而作

论事论情论世，经霜经雨经风。冲寒过后展

春容，门外千峰翠拥。　　高处提壶浇灌，喜看

万紫千红。天南地北两退翁，手捧余香相送。

（2021 年 7 月 23 日）

【注】

① 此亦作前七首《西江月》之小结篇；

② 冲寒：冒着寒气。

西江月·《九乐集》（二首）

一

读良玉老书记《九乐集》而作

莫道辞章易得，实为笔外功夫。万山踏遍看

荣枯，千水荡舟尽睹。　　经纬笑持在手，心无

介子藏污。说它个加减乘除，南北东西细数。

（2021 年 7 月 24 日）

【注】

① 介子：细小粒子。

147

二

读良玉老书记《九乐集》而作

道德文章意远，苏辛笔法情长。穿心透骨一行行，掩卷还思枕上。　　警世传书九乐，别裁岁月炎凉。东风引雨入沧桑，草木逢春一样。

（2021 年 7 月 25 日）

【注】

① 苏辛：即苏东坡与辛弃疾，豪放派诗人；

② 传书：流传于世的书籍；

③ 九乐：即《九乐集》。

霜天晓角·何处清舒

读良玉老书记《九乐集》"大智中庸之乐"篇偶得

何处清舒，夜长宜读书。老眼凡姿坐见，天上月，水边芦。　　莫呼！公自如。德宽人不孤。大雅从来大俗，矛盾也，又糊涂。

（2021 年 7 月 30 日）

调笑令·秋 雨

霜凝兄昨又微信传来《调笑令》一首，予依此牌而作，寄之。

秋雨，秋雨，切切如闻私语。窗间向晚风徐，坐中谈笑梦余。　余梦，余梦，灯下修书意重。

（2021 年 8 月 13 日）

【注】

① 梦余：梦后；

② 修书：喻写作。

鹧鸪天·寒日风徐曙色浓

住处有长松数株，惯看生怠。今值大雪节令，晨起漫步，观其迎寒挺立，砥砺弥坚，顿生敬意。触景生情，随赋此词，赞也！依韵兼以赓和中文同志。

寒日风徐曙色浓，晨间步道少人踪。沿园几

处苍苍石，当户长门郁郁松。　　陶径里，一望中，移时换节古今同。霜欺雪打颜无改，铁骨铜枝独耐冬。

（2021 年 12 月 7 日）

【注】

　　① 陶径：这里指小路。

鹧鸪天·两片寒芦在岸东

过镇江甘露寺，怀古。依前韵赓和中文同志。

　　两片寒芦在岸东，三山隔水一望中。霜天如洗层林下，又见江南秋意浓。　　回首处，莫言功，千年故事道相通。周郎诸葛曹公箭，古寺阶前问色空。

（2021 年 12 月 12 日）

【注】

　　① 三山：即镇江市金山、焦山和北固山；

　　② 曹公箭：喻三国典故"草船借箭"；

　　③ 色空：佛教语，谓物质的形相及其虚幻的本性。

天仙子·今遇高人叶小文

午读叶小文主任所著《读书漫谈群一年日记》。五年委员学习生活，余与叶公均在中共二组，公学识渊博、多才多艺、为人至诚，值得敬重。依前韵作此长短句。

今遇高人叶小文，对语荧屏满眼春。燃犀相看德为邻。南北会，读书群，忠勇嘉谋见精神。

（2022 年 3 月 20 日）

【注】

① 叶小文：全国政协文化文史和学习委员会副主任，全国政协委员读书活动指导组副组长；

② 燃犀：点燃犀牛角照看，明察事物之意；

③ 读书群：全国政协委员的网上读书平台。

七　律·花间小路遂君行

夜间，千岸同志微信传来《七律·读定之诗稿》，余心头一热，捧读良久，夜不能寐，随秉笔步韵敬和之。

花间小路遂君行，

重过江南二度春。

昨日云浓天有雪，

今时风淡地无尘。

高歌低唱情依在，

白首丹心写出真。

莫谓书台方寸小，

清香叩齿最宜人。

（2022 年 3 月 11 日）

附：柳千岸同志诗作

七　律·读蒋定之诗稿

惜伤天籁碍君行，

垂袖归来又一春。

岁月如丝织练锦，

诗书最是览风尘。

只当朝野隐雅士，

愿为乾坤写大真。

自古秦淮钟毓秀,

高吟妙和有来人。

（2022 年 3 月 10 日）

【注】

　　① 近日收到定之诗词印稿, 细读感触良多。其从政多年, 南北迁任, 后因耳疾回江苏就职并潜心攻诗炼词, 收获颇丰, 实在难能可贵。

摊破鹊桥仙·清明雨短

步韵, 敬和柳千岸同志。

　　清明雨短, 柳芽新见。扑扑絮花当面, 更有身轻如燕。石头城下剪流云, 信手赠, 齐梁旧殿。　　春回大地, 山河似练。听凭东风牵我, 千里持心绻绻。起看今日坐中人, 个个是, 分飞利箭。

（2022 年 4 月 6 日）

【注】

　　① 齐梁旧殿: 即南京灵谷寺无梁殿, 为国内最大砖拱古建筑。

附：柳千岸同志诗作

摊破鹊桥仙·北京雨燕

柳绦初剪，春红数点。日下含烟四月，静待北归楼燕。华庭伟宇筑檐巢，共云雨、妆亭朱殿。　　秋风似毯，赤光如炼。万里星河寒暑，来去千般缱绻。惊雷难阻海天约，度长空、争飞若箭。

【注】

① 作《摊破鹊桥仙·北京雨燕》，以述楼燕珍稀之奇。

忆秦娥·花似雪

今日清明节，书之。

花似雪，祭樽高举难辞别。难辞别，两行泪水，一时声噎。　　余音尚在何堪说，年年此日清明节。清明节，南阳道上，寸肠千截。

（2022 年 4 月 5 日）

感事咏叹

笔势清奇九十春,诗界昆仑第一人。至教亲授铸精神。持典雅,乐耕耘,三尺讲台笑语真。 万里转蓬天下闻,情系华夏一寸根。梅姿鹤韵国风存。掬岁月,在津门,圣哲为心百岁身。

——《天仙子·笔势清奇九十春》

七　律·十里银滩夜色奇

亚龙湾，向宾客辞岁，返宿舍写兴。

十里银滩夜色奇，

椰风海韵万千姿。

折花赠予留连客，

夜访驰怀守岁时。

三亚湾边娱社火，

二人转里说相知。

归来窗下余兴在，

写我胸中一首诗。

（2011 年除夕）

【注】

① 银滩：指沙滩；

② 守岁：民间习俗，从吃年夜饭开始，一夜不睡，以迎接新年的到来；

③ 社火：民间庆祝春节的传统娱乐活动；

④ 二人转：东北地区的地方戏。

七 律·无 题

海南驻北京办事处作

风催岁月雨催人，

肩挑霜花逆旅身。

万水千山飞将在，

天南地北鼓声闻。

而今两耳天籁去，

往后千言借纸云。

主席关怀归故里，

钟山脚下疗伤痕。

（2014 年 12 月 28 日）

【注】

　① 无题：2003 年初，"非典"肆虐，余临危受命任江苏省抗击"非典"总指挥，昼夜奋战三月有余。疲劳致左耳耳聋突发，并致疾。2013 年，余在海南亦因投入甚多，致右耳耳聋突发，一度两耳几失聪，苦不堪言。为不误事业发展，余向中央

主动请辞。习主席等中央领导关怀备至，2015 年初，准予还乡，余终身感恩不忘；

② 飞将：语出唐·王昌龄"但使龙城飞将在，不教胡马度阴山"句，飞将，指西汉名将李广；

③ 天籁：自然界的声音，自然而然发出的声音；

④ 千言：指说话、交流；

⑤ 借：这里指依靠、借助；

⑥ 主席：习近平主席；

⑦ 钟山：即紫金山。

霜天晓角·残阳如血

又闻菲律宾在黄岩岛挑起事端

残阳如血，夕照琼州月。休说碧湾凫水，浪千叠、舟如叶。　　四周频遭列，渔侵如蚕啮。南海素为宗地，岂容得、他人窃。

（2015 年 2 月 6 日）

【注】

① 琼州：即海南；

② 千叠：一层加上一层，犹言浪涛汹涌；

③ 渔侵：掠取，侵夺。

踏莎行·戏马台前

徐州翻天覆地之变化令人动容，感而赋。

戏马台前，霸王楼后，千秋岁月民风厚。楚门棚户换年华，彭城灯火亮如昼。　　无语桃花，多姿杨柳，云龙不比西湖瘦。拍堤春水四边来，项刘故里山河秀。

（2015 年 4 月 23 日）

【注】

① 戏马台：项羽操练士卒处；

② 霸王楼：即徐州黄楼；

③ 云龙：这里指徐州云龙湖；

④ 项刘：项羽、刘邦。

百字令·石头城上

夜读萨都剌《百字令·登石头城》。次日，拾阶而上，登清凉山石头城，观遗陈几处，发思古之幽情。步萨公韵而作。亦寄友人。

石头城上，枯荣岁岁有，莫悲风物。北角楼头梁上燕，春暖衔泥鸣壁。虎踞龙盘，孙吴建业，几片金陵雪。有谁知道，六朝多少豪杰？ 万里烟水西来，秦淮东渐，曾是千帆发。雨后清秋残照里，两处遗存未灭。炮垒横陈，精神不死，激励青丝发。撩衣归去，晚霞牵出新月。

（2015 年 9 月 2 日）

【注】

① 石头城：南京历史古迹，位清凉山后；

② 枯荣：草木盛衰之意；

③ 风物：风光景物；

④ 西来：从西边来；

⑤ 东渐：这里指秦淮河的变迁。明代时筑墙变成护城河，后江岸逐渐向东移至城内，秦淮河遂成城中之河。

浪淘沙·晨起北边行

依约乘高铁赴京治牙。沿途雾霾甚重，感而作小令一首。

晨起北边行，未见天晴。非那雨水伴寒冰。

161

戾气昏霾何日了，山水沉咛。　　笑我又多情，影自零丁。垂头捂面齿生疼。急唤水来咕且尽，一个支楞。

（2015年12月19日）

【注】

① 昏霾：指雾霾；

② 支楞：喻打嗝声。

浪淘沙·南北铁车行

冬霾反复，几及九州，数日不散，患之重矣。余乘高铁自京返宁，于车上步前韵再赋小令一首。

南北铁车行，千里无晴。窗含沟涸结花冰。偶见雀儿三两只，低下嘤咛。　　世事总关情，淅淅零零。山河失色可知疼？待得东方红日起，天地楞楞。

（2015年12月20日）

【注】

① 沟涸：这里指冬天的沟渠；

② 嘤咛：鸟鸣声；

③ 淅淅零零：喻风声；

④ 楞楞：显露貌。

浪淘沙·濠水映东楼

张謇为华夏睁眼看世界之先驱，一生兴实业、筑水利、办教学、扶民生，嘉言嘉行无数。其故居坐南通濠水之畔，内陈丰富，余得闲以瞻仰，敬意重重，作此赋。

濠水映东楼，风雨长收。状元实业筑方舟。大梦醒来真国器，一代鸿猷。　　君亦本无求，斜日西游。海门江畔著春秋。喜看今朝无限好，醉我通州。

（2015 年 12 月 31 日）

【注】

① 濠水：指南通濠河；

② 方舟：《圣经》中的故事，即诺亚方舟，根据上帝之意建造的大船。这里喻指张謇先生"实业报国"主张为首开先河；

③ 状元：指清末状元张謇；

④ 国器：喻治国之才；

⑤ 鸿猷：大业、鸿业的意思；

⑥ 海门江畔：这里指南通。

鹊桥仙·郊野感春

南枝吐豆，垂丝初秀，只是微微清瘦。东风细雨别余寒，又到了、春归时候。　　向原上去，暖烟呼我，芳草牵人衣袖。山溪照影过村来，小飞燕、身前身后。

（2017年2月26日）

【注】

① 南枝：朝南面的枝条；
② 垂丝：下垂的丝状枝条；
③ 初叶：刚冒出的嫩叶；
④ 余寒：残余的寒气；
⑤ 原：原野；
⑥ 暖烟：喻春天的烟霭。

鹊桥仙·碧园春早

欣闻玉渊潭公园樱花初开，报春第一枝也。"两会"休息日前观，果然，树树如雪，秾秾花貌。更有千顷碧波，绮丽非常……归得一阕，书当时所见。

　　碧园春早，芳堤香路，莺燕柳丝垂影。几声清丽好催人，瘦枝萼、纤纤毛颖。　　烟波推岸，东风扶翠，白石桥边舟横。玉渊潭里锁清明，莫辜负、樱花耿耿。

（2017 年 3 月 12 日）

【注】

　　① 纤纤：细长而柔美；

　　② 玉渊潭：北京玉渊潭公园；

　　③ 耿耿：明亮、显著、鲜明貌。

七　绝·农　忙

山村小雨细纷纷，

梅夏风摇别晚春。

只见鹅塘初涨水，

农家秧担步沉沉。

（2017 年 5 月 27 日）

【注】

　　① 梅夏：初夏。

定风波·登　山

短帽轻衫蝶翅欢，黄花向日正斑斓。莫问清溪烟岸草，人早，白云深处日三竿。　　远眺青山千万重，风送，春华秋实断肠看。今日登临随石径，林静，庭前月影好生观。

（2017 年 6 月 28 日）

【注】

① 黄花：指菊花；

② 斑斓：颜色错杂灿烂；

③ 日三竿：喻太阳升得比较高。

定风波·月转流云夜色清

夏伏，夜宿芦村农家乐，得自然，淋漓酣畅。

月转流云夜色清，路摇细柳岸堤平。美丽乡村借一宿，斑竹，蟾光影里古桥横。　　自在人家闲

院落，舟泊，主人催客直呼名。盘大杯深黄酒熟，

知足，无风无雨到天明。

（2017 年 7 月 23 日）

【注】

① 斑竹：有斑纹图案的竹子。诗词中斑竹亦称湘妃竹，典
出晋·张华《博物志》卷八《史补》"尧之二女，舜之二妃，曰
湘夫人。舜崩，二妃啼，以涕挥竹，竹尽斑"。

② 蟾光：月光。

定风波·曲岸流青秀色浓

友人相约，旅芦村。

曲岸流青秀色浓，天低云淡夕阳红。雨去西村

荷叶小，斜照，几枝新竹立墙东。　　试向岭南高

处看，惊叹！峰回路转影重重。窗外晓莺啼不断，

飞倦！一钩明月晚来风。

（2017 年 8 月 2 日）

【注】

① 曲岸：弯曲的岸线、岸道；

② 岭南：南边的山；

③ 晓莺：一种小鸟。

如梦令·隐隐微凉天气

赴徐州高铁途中作

隐隐微凉天气，点点吴山秋意。浓淡正相宜，最爱碧空新霁。如洗，如洗，窗对夕阳千里。

（2017 年 8 月 22 日）

【注】

① 点点：细微的迹象或轻微的痕迹；

② 吴山：指吴地之山；

③ 霁：天气放晴。

定风波·阳羡园中曲曲蹊

宜兴，茶乡也，予十年未至。四月，应保强同志相邀，徜徉其乡间，神逸。及午，移步新筑云湖大觉寺，随喜。作此篇。

阳羡园中曲曲蹊，芙蓉场内翠依依。梅子岭头

风日好，霞照，横空飞过几黄鹂。　　相约两三欢
喜客，难得，重来又是十年期。竹外桃花无几朵，
多磨，云湖寺里问僧尼。

（2017 年 4 月 10 日）

【注】

① 大觉寺：位宜兴市云湖畔。2005 年 8 月，在史祖能和朱
保强市镇两位书记陪同下，余为佛寺建设决策做了推动；

② 阳羡、芙蓉均为江南著名茶场；

③ 梅子岭：位宜兴市，天目山余脉。

忆王孙·清香阵阵别东门

清香阵阵别东门，我醉斜阳黄柳村。岁晚唯
求自在身，老墙根，平步池塘月一轮。

（2017 年 9 月 22 日）

忆王孙·清风晚树巷深深

清风晚树巷深深，秋半黄花艳似春。一段流

霞一段魂，寄闲身，雨过村头月到门。

（2017 年 9 月 23 日）

【注】

① 黄花：菊花。

忆王孙·案台几册旧诗书

案台几册旧诗书，夜读神游咫尺途。戴月披星有若无。好糊涂，冬去春来柳叶舒。

（2017 年 9 月 24 日）

【注】

① 此阕寄友人。余读古诗文多卷，始终未得要义。自责也！书此以自励；

② 有若无：曾子言："以能问于不能，以多问于寡，有若无，实若虚，犯而不校。"

忆王孙·往来照样画葫芦

往来照样画葫芦，开口方知点墨无，坐帐更

堪滑似酥。问浮屠，还是当年少读书。

（2017 年 9 月 25 日）

【注】

① 点墨：笔濡墨圈，比喻文才；

② 坐帐：主帅的军帐，这里指主事、主管；

③ 浮屠：即佛陀。

忆王孙·竹摇疏影小村前

竹摇疏影小村前，柳舞纤丝水一边，最喜篱门月正圆。忆陶潜，风去阑干好入眠。

（2017 年 9 月 26 日）

【注】

① 陶潜：即陶渊明，东晋著名诗人；

② 阑干：即栏杆。

忆王孙·芳香晚发在城东

芳香晚发在城东，旧国楼台满寺风，一角云

亭烟雨中。意无穷，目断长山十万松。

（2017 年 9 月 27 日）

【注】

　　① 云亭：高处的亭子；

　　② 长山：位于镇江市西南。

忆王孙·几番雨过濯晴空

几番雨过濯晴空，百里吴天秋意浓，不羡兰庭香气重。有西风，偏爱关山霜叶红。

（2017 年 9 月 28 日）

【注】

　　① 濯：洗涤；

　　② 关山：关隘和山川。

忆王孙·云翻风薄少从容

云翻风薄少从容，阵阵闷雷雨半空，片片葱

茏淹水中。快疏通，面目全非已不同。

（2017 年 9 月 29 日）

【注】

① 黄梅时节，家园蔬菜被淹。余题小诗一首以记。

忆王孙·人言老后悟方深

人言老后悟方深，果自潇潇静处沉，一寸光阴一寸金。向晚斟，物物低垂是实心。

（2017 年 9 月 30 日）

【注】

① 潇潇：风雨声，喻指经历风吹雨打；

② 沉：沉甸甸，有分量。

忆王孙·江南十月晚秋中

江南十月晚秋中，吴岭千寻景不同，客座归来月半空。五更钟，卧听他乡一夜风。

（2017 年 9 月 30 日）

定风波·大道无门夜色浓

　　11 月 15 日，中国佛协在马山半岛波罗蜜多酒店举办赵朴初先生诞生 110 周年纪念会，余应邀出席。晚间无事，与许津荣同志一行夜访太湖之滨拈花湾，置身其间，如入桃花源之胜境。此等造化，皆赖吴国平先生诸位大德佛心做事，福泽千秋也。感而赋。

　　大道无门夜色浓，　花湾横卧古风中。曲岸随波精舍静，香径，半窗湖月半窗峰。　　疑是武陵春世界，心懒，一花一草载朦胧。莫说篱墙灯火瘦，添寿，池边柳影水溶溶。

（2017 年 11 月 15 日）

【注】

　　① 大道无门：宋·释慧开《禅宗无门关总颂》有"大道无门，千差有路。透得此关，乾坤独步"的语句；

　　② 花湾：即无锡灵山拈花湾小镇，与著名风景胜地灵山大佛相邻，倚山临湖，生态秀美；

③ 精舍：僧、道居住或说法讲道之所，这里指精美的房屋；

④ 香径：开满鲜花的小路。宋·晏殊《浣溪沙·一曲新词酒一杯》有"小园香径独徘徊"的词句；

⑤ 武陵：东晋陶渊明著《桃花源记》，述武陵人逢桃花源。

定风波·道尽人间世路情

是日，余偕友人至山西平遥县，读得古城县衙门联一副。上联云："莫寻仇，莫负气，莫听教唆，到此地费心费力费钱，就胜人，终累己；"下联云："要酌理，要揆情，要度时势，做这官不勤不清不慎，易造孽，难欺天。"余念古思今，感而作以遣怀。

道尽人间世路情，向来贪欲误平生。荣辱相随多少恨，休问，泪泉洗面日西倾。　义缺须知千古骂，闲话，是非对错侧身听。愿挽清风南北去，轻旅，雨收云断满天星。

（2017 年 11 月 18 日）

【注】

① 世路：人世间的道路；

② 泪泉：眼泪；

③ 义缺：指缺失大义。

175

菩萨蛮·竹寺水榭南山秀

中华诗词学会在南山碧榆园召开年会，旨在促进诗词繁荣与发展。余应镇江市李国忠主席之邀，与中华诗词学会郑欣淼、李文朝会长话聚，感慨由生。故作此阕以记。

竹寺水榭南山秀，古亭烟阁吴池柳。夕照读书台，月邀诗侣来。　　承前更启后，聚首寒时候。平仄两相酬，神驰春与秋。

（2017 年 11 月 28 日）

【注】

① 南山：位镇江市南部；

② 吴池：吴地的池塘；

③ 读书台：谓南山昭明太子读书之地；

④ 诗侣：诗友；

⑤ 平仄：诗词中用字的声调。

七　绝·清明感事

遵中华诗词社胡彭同志嘱,步杜牧《清明》
诗原韵,遣兴而作。

清明柳絮落缤纷,

家祭相思踏月魂。

风起归途无雨色,

闻声已是杏花村。

（2020 年 3 月 11 日）

七　绝·雨花台

春寒料峭霭纷纷,

一岭青山半岭魂。

忠骨尽归千古地，

后人常吊雨花村。

（2020 年 3 月 13 日）

七　绝·宜兴西渚

江南暖野意纷纷，

一段流霞一段魂。

长竹当窗啼鸟静，

云湖寺外小山村。

（2020 年 3 月 15 日）

七　绝·寄武汉友人

三春柳岸絮缤纷，

四顾吴天楚月魂。

最念荆州新冠事，

心随汉水到江村。

（2020 年 3 月 16 日）

【注】

　① 新冠：即 2020 年初发生在武汉的新型冠状病毒肺炎；

　② 汉水：喻武汉。

七　绝·再寄武汉友人

龟蛇锁镇泪纷纷，

黄鹤低飞孤旅魂。

莫怪清明天不好，

只缘飞鼠疫渔村。

（2020 年 3 月 16 日）

【注】

　① 龟蛇：喻武汉。

七　绝·江心洲

桃蹊李径两披纷，

苍狗长风送墨魂。

冷暖清明随雨去，

叶莺啼过武陵村。

（2020 年 3 月 17 日）

【注】

① 桃蹊李径：杜甫《寒雨朝行视园树》有"桃蹊李径年虽故，栀子红椒艳复殊"的诗句；

② 苍狗：杜甫《可叹》有"天上浮云如白衣，斯须改变如苍狗"的诗句。

七　绝·坝　上

莺啼燕语舞纷纷，

疏影水清夕照魂。

雨后慈云春气暖，

风前石径柳梳村。

（2020 年 3 月 9 日）

七　绝·扬州漆器

寸山寸水寸缤纷，

糅绿糅红糅国魂。

走近廊墙观仔细，

方知画染贾雨村。

（2020 年 3 月 9 日）

七　绝·江南春雪

今日，溧阳市政协立新主席微信传来江南桃花雪图照，并附"茶叶毁也"之语。余遂作此小诗一首以记。

清明时节雪花飞，

春入山河冷暖奇。

最是茶农伤不起，

偏高市价不容疑。

（2020 年 3 月 28 日）

忆秦娥·黄梅雨中

雨纷纷，双桥隐隐牵津门。牵津门，湖天一

色，梅熟时分。　　江南水绿载低云，向来夏汛盛于春。盛于春，梦华乡里，清彻无尘。

（2020 年 6 月 13 日）

满江红·雪松赞

霜月流天，苍翠滴，岁寒行色。风露下，石边堆秀，水波流碧。非是春回才始发，且看冬至扶摇力。重重叠，扑面见南山，留连客。　　高处择，低处适。无限意，应知悉。这天成逸性，最为难得。冷浸枝头尘不到，澹风对月清无迹。不消说，风物岂无情，年痕入。

（2020 年 11 月 6 日）

【注】

① 岁寒：语出《论语·子罕》"岁寒，然后知松柏之后凋也"。

五 律·天择春秋笔

步韵，赓和马凯同志《贺中华诗词第五次代表大会召开》。

天择春秋笔，

风扬国韵声。

江山有大美，

词赋诉衷情。

俯仰言心志，

推敲梦中萦。

诗肩同鼓舞，

好个百家鸣。

（2020 年 11 月 19 日）

【注】

① 诗肩：喻诗人。

七　绝·蓄能电站随笔

一

本是山泉出谷鸣，

却因高坝截无声。

夜阑风静西岩宿，

但看沙湾斗柄横。

（2020 年 11 月 21 日）

二

笑语声声磴道行，

水南山色半天青。

若非千丈平湖出，

谁信调峰午夜生？

（2020 年 11 月 22 日）

【注】

　　① 磴道：登山的石径；

184

② 调峰：指蓄能电站用电峰谷时，抽水蓄存，用电峰值时放水发电。

诉衷情·老来欢意不由人

颈椎牵引、理疗有感

老来欢意不由人，无奈强项身。高低俯仰模样，上下争拉伸。　　针列列，电频频。疗无痕。几番来去，神驰阔处，打扫愁云。

（2020 年 12 月 17 日）

【注】

① 强项：汉臣董宣得罪公主，光武帝命叩头谢罪，董宣终不肯俯。帝因敕其为"强项令"。这里喻脖子僵硬。

庆佳节·尽开怀

欢度庚子除夕，赋此词寄北京友人。

185

尽开怀，尽开怀。开怀后，上高台。酣醉为谁燕莫猜，春曲里，笑颜开。　　二月关山歌处处，许是北雪皑皑，许是刀剪杨柳槐。蓦回首，报春来。

（2021 年 2 月 11 日）

庆佳节·报春来

正月初一遣兴

报春来，报春来。春来后，尽开怀。东风栽柳众人醉，桃花里，又一载。　　最是座中新酿满，有客劝说相催，欢意难离谪仙台。今胜昨，两三杯。

（2021 年 2 月 16 日）

【注】

　① 汪洋主席读余除夕《庆佳节》词，和复作上阕，余接续下阕合成此词。

186

七 绝·赞英雄边防团长祁发宝

远戍边关雪未融，

每临生死独从容。

愿将碧血埋疆土，

化作西陲又一峰！

（2021 年 3 月 18 日）

【注】

① 西陲：西部的边疆。

画堂春·江南三月万千姿

写在省诗协与《现代快报》开设"天下美篇"诗词栏目之际，愿大雅大俗开辟诗词传承新境界。

江南三月万千姿，双飞紫燕依依。归巢新筑

一声啼，此意春知。　　笑与同游话梦，谪仙昨夜牵衣。癫狂自语醒来迟，信手题诗。

（2021 年 3 月 20 日）

【注】

① 谪仙：李白；
② 癫狂：喻谪仙醉态。

七　律·钟山脚下两金陵

步梅岱同志韵，夜访金陵小镇。

钟山脚下两金陵，

小筑偏东夜色朦。

曲径通庐留醉客，

栏干绕舍去吴穹。

羽衣缎带翩翩舞，

殿阁瑶台处处明。

一片承平无限意，

古风街里踏纵横。

（2021 年 4 月 22 日）

【注】

① 两金陵：指古城金陵和江宁区金陵小镇。

附：梅岱同志诗作

夜过金陵小镇

金陵小镇是南京牛头山下新建的以文化娱乐、休闲度假为主题的旅游小镇，江南丰韵与现代气息融合，颇受游人青睐。

牛头山下小金陵，

灯火阑珊月色朦。

碧水流光开万象，

琼楼溢彩入千穹。

歌吟《茉莉》游人乐，

舞踏《春江》客眼明。

岁稔时和情似酒，

秦淮不老斗星横。

七　律·玲珑翠玉小金陵

再步梅岱同志韵，赞金陵小镇。

玲珑翠玉小金陵，

檐下轩窗竹影朦。

歌动烟波浮碧水，

山连星月伴苍穹。

亭亭花树红牵绿，

点点街灯暗又明。

曲径徐行佳丽地，

暗香深处古琴横。

（2021 年 4 月 22 日）

七　绝·悼袁隆平

我挽青山十万松，

悲歌千曲吊袁公。

天涯独泣子规血，

情注苍生一碗中。

（2021 年 5 月 23 日）

【注】

① 袁隆平先生，国士无双者。2014 年 4 月 18 日，余专程到国家杂交水稻研究中心三亚南繁综合试验基地，征求其对中心和基地建设需要解决的问题。尔后，多有交往。先生仙逝，痛悼不已；

② 天涯独泣句：喻袁先生在海南育种呕心沥血。子规泣血，典出《史记·蜀王本纪》，言望帝禅位后化为杜鹃鸟，至春则啼，滴血则为杜鹃花，常用以形容哀痛至极。

七　绝·泣血巨篇遗世间

周六，下午无事，信手再读《红楼梦》数回。

有感曹公述叙避世离尘过多，悲情过甚。此于社
会特别于青年无益也。遂逆笔一作。新韵。

泣血巨篇遗世间，

红尘一梦少欢颜。

书中过客多无数，

独少登坛铁骨肩。

（2021 年 7 月 3 日）

采桑子·秋风劲里重阳近

江苏省诗协理事会今日在镇江召开

秋风劲里重阳近，南岭园旁，墨菊芬芳。诗
会声欢在故乡。　　衷情细诉皆含笑，长也飞扬，
短也飞扬。折取高枝别样香。

（2021 年 10 月 11 日）

【注】

① 南岭：指镇江南山碧桂园。

192

七 绝·百幅丹青墨意浓

今日上午，参加省慈善总会"幸福家园慈善书画展"。展后拍卖所得皆作扶贫济困之用，义举也！有感而作以记。

百幅丹青墨意浓，

画堂高展送清风，

怀柔种德修身事，

行善垂仁冬月中。

（2021 年 11 月 18 日）

沁园春·千古巍巍

写在纪念毛主席诞辰 128 周年

千古巍巍，万世垂垂，日月润之。念累累勋

193

业，风云叱咤，狂澜不倒，天铸英姿。八角楼头，井冈号角，点检罗霄问鼎师。长征路，四渡翻赤水，酣畅淋漓。　　东方拂晓征衣，人道是今胜昨已非。喜精神犹在，初心犹在，复兴梦想，剑指多时。百十年来，神州砥砺，纵有危机路未迷。尤堪赞，正承前启后，筑太平基。

（2021 年 11 月 26 日）

【注】

① 润之：毛泽东主席，字润之，此亦双关；

② 八角楼头：井冈山茅坪八角楼，毛泽东同志在此写下了《中国的红色政权为什么能够存在》《井冈山的斗争》两篇光辉著作。

满江红·虎年话虎

松壑苍苍，云起处，断岩千尺。匍匐影，长髯似戟，行藏霹雳。爪起咆哮星宿落，掌摧月裂云端出。鸟兽散，掉尾映层林，巡南北。　　啸风息，烟树寂。逐鹿事，难寻觅。枕斜阳酣态，午荫徐入。威猛此身谁不爱？可叹寸骨千金索。

尤须知，生态共安危，光阴迫。

（2022 年 1 月 25 日）

【注】

① 霹雳：喻虎；

② 掉尾：摇尾。

天仙子·笔势清奇九十春

为叶嘉莹先生题敬

笔势清奇九十春，诗界昆仑第一人。至教亲授铸精神。持典雅，乐耕耘，三尺讲台笑语真。万里转蓬天下闻，情系华夏一寸根。梅姿鹤韵国风存。掬岁月，在津门，圣哲为心百岁身。

（2022 年 3 月 20 日）

【注】

① 叶嘉莹：2021 年被评为"感动中国 2020 年度人物"，读诗、讲诗、写诗近九十载。《人民日报》评论先生："为中国诗

195

词之美吟哦至今，更活成了人们心中的诗……诗词养性，先生风骨为明证。"余近几年先后阅读先生《迦陵文集》《古诗词课》等著作，受益良多，故专书此词以示敬意；

② 至教：最好的教导；

③ 掬岁月：即《掬岁月在手》纪录片，讲述叶先生传承千年诗心之故事。唐·于良史《春山夜月》有"掬水月在手，弄花香满衣"的诗句；

④ 津门：叶先生现择居天津市南开大学。

七　律·人心可种万年松

步韵，敬和千岸同志《瞻仰韶山毛泽东故居》。

人心可种万年松，

千转江河总向东。

滴水洞边观细雨，

韶山冲下揖清风。

持心驻足场场静，

俯首低回日日同。

今去故园多秀色，

花开恰似战旗红。

（2022 年 5 月 24 日）

念奴娇·神州上下

　　今日端午，小文兄微信传来散文诗《屈原颂——生死交响曲》，余连听数遍，甚是震撼。随作此长短句，以祭屈氏灵均。

　　神州上下，向年年此日，念君时节。汨罗江头天问处，求索精神堪绝。谤得《离骚》，谏生九死，一盏孤灯灭。夜看人远，望中犹似皓月。　　陈事少说休追，风云散去，今且从头越。鼓棹高歌飞碎玉，击楫中流浪叠。非是痴顽，莫叹华发，尚有殷殷血。高情倾尽，任由

197

人指圆缺。

（2022 年 5 月 24 日）

【注】

① 天问：屈原作的长诗，通篇是对天地、自然和人世间一切事物的发问；

② 谤得《离骚》：指屈氏因忠而见谤，遂愤作此篇；

③ 九死：即屈氏"亦余心之所善兮，虽九死其犹未悔"句中化出；

④ 任由人指圆缺：意谓后人对屈氏的不同评价。

随笔偶记

清寥处，临水对秋芦。天阔野云舒。桂香留客登高处，农家山后万千株。小蜻蜓，随粉蝶，绕吾庐。　莫笑我，风牵暖意树。莫问我，凉生时节雨。莲结子，性真如。月光如雪成三影，夜间庭静煮江鲈。竹敲窗，人未寐，醉相呼。

——《最高楼·话秋》

七　绝·京城一夜纷飞雪

在北京参加中共十七届七中全会，晨起推窗，惊见北京初雪，喜而赋。

京城一夜纷飞雪，

换了窗前十月花。

许是天公偏爱此，

银装终未覆天涯。

（2012 年 11 月 4 日）

【注】

① 银装：喻雪景。

西江月·漫野素装重重

南京大雪，多日雾霾一扫而光。

漫野素装重重，江南别样苍穹。阴霾过了大

201

江东，日月长空相拥。　　昨夜玉龙飞舞，今朝远岫来逢。无常天地释迦中，非是庄周话梦。

（2015 年 1 月 26 日）

【注】

① 玉龙：喻指飞雪；

② 远岫：远处的峰峦；

③ 无常：佛教语；

④ 庄周：庄子。

七　绝·春在腊梅尖上寻

春节后上班第一天作

春在腊梅尖上寻，

果经秋瑟自然沉。

天天好景晨曦启，

万紫千红贵始今。

（2015 年 2 月 25 日）

【注】

① 晨曦：清晨的阳光。

采桑子·春 景

　　早春三月江南好，浦岸迷濛。水暖花红，春信催开意万重。　　斜飞紫燕梢头去，贴地穿空。回首无踪，嫩雨潇潇柳带风。

（2015 年 3 月 23 日）

【注】

　　① 春信：春天信息；

　　② 嫩雨：小雨。

水仙子·一池莲藕一池蛙

　　一池莲藕一池蛙，一抹新云一抹霞。清波出没影荷花。鸣声趣更嘉。　　多情只是喧哗。回头笑见，泥身半遮。近水生涯。

（2015 年 5 月 26 日）

永遇乐·三字经头

闻友人履新，甚慰。戏语人字，亦自警自励，兼赠友人。

三字经头，五千言末，分外醒目。昨日风清，寻书夜读，人字非望族。撇前捺后，二分世界，形意犹如手足。细相看，相依相对，向来精华浓缩。　　有君成佛，有君牵鹤，执节堂堂高矗。也有孺子，名心难化，取了千年辱。减衣轻履，气吞巴蜀，翻过断崖绝谷。君知否？妖人莫作，作人莫俗。

（2015 年 7 月 31 日）

【注】

① 三字经头：《三字经》第一句是"人之初"，首字为"人"字；

② 五千言末："五千言"即老子《道德经》，其最后一句讲的也是"人"；

③ 执节：坚守节操；

④ 高矗：高高地耸立着；

⑤ 名心：这里指名利之心；

⑥ 巴蜀：巴山蜀水。

永遇乐·三尺灯台

夜读《齐物论》，庄子梦蝶，述少喻深，大道至简也。余戏语简字，示友人。

三尺灯台，一张澄纸，钟锤新拨。对影无眠，庄周梦蝶，两语三言说。简单简约，简明简述，简直地通天阔。廓心扉，真人白话，不用烟花相抹。　　那堪试问，羞他红口，俱是欲圆还缺。道极多歧，曲言重复，娇艳心藏拙。挑灯夜读，随分领略，我爱词源鲜活。个中味，古人刀笔，浮辞断割！

（2015 年 11 月 29 日）

【注】

① 澄纸：毛笔书法用纸；

② 钟锤：钟摆；

③ 庄周梦蝶：语出《庄子·齐物论》，庄周梦见自己变成一只蝴蝶，这时竟忘了自己是庄周。一觉醒来，对自己还是庄周十分生疑。继而一想，不知是庄周做梦变成蝴蝶还是蝴蝶做梦变成庄周？这是庄子提出的一个哲学命题；

④ 廓：扩大、空阔；

⑤ 浮辞：虚浮不实的话。

采桑子·谁翻寒彻天宫里

金陵初雪，喜而赋。

谁翻寒彻天宫里？颠覆天涯。一夜冰花，洒向人间十万家。　　须知拥絮青娥事，偏爱无瑕。不远篱笆，又见柔条欲抽芽。

（2016 年 1 月 21 日）

【注】

① 寒彻：非常寒冷；

② 冰花：指雪花；

③ 絮：喻指雪花；

④ 青娥：主司霜雪的女神；

⑤ 瑕：玉上面的污点。

采桑子·又来一日纷飞雪

月内，金陵二降瑞雪，喜出望外，余以长短句再赋。

又来一日纷飞雪。片片清寒，处处遐观，江北江南玉絮酣。　　今年二度流连地。着意江山，润物心安，翘楚梅枝别样欢。

（2016 年 1 月 30 日）

【注】

① 片片：指雪花；
② 遐观：这里指遍览；
③ 玉絮：指雪花；
④ 酣：浓烈；
⑤ 流连：留恋不止，依依不舍；
⑥ 翘楚：原意为高出众薪的荆木。

江南春·寄梅雨

梅日里，雨如丝。风轻檐水直，云暮隋堤低。

东湖塘里蛙声叫，西圃栏中鸡不啼。

（2016 年 6 月 1 日）

【注】

① 檐水：屋檐下的水线；

② 隋堤：隋炀帝时邗沟修筑的御堤。

江南春·再寄梅雨

步前韵

梅雨细，满天丝。农家耕作去，弯背插秧低。

本人曾在圩田住，"双抢"辛劳能不知。

（2016 年 6 月 2 日）

【注】

① "双抢"：夏季农活抢收抢种，一年中最忙的农时。

江南春·三寄梅雨

步前韵

梅雨过，发青丝。天清芳草碧，云月半山低。

南天门里神仙客，多日霏霏知不知？

（2016 年 6 月 3 日）

【注】

① 南天门：相传是神仙住的地方；

② 霏霏：绵绵细雨，雨盛貌。

满庭芳·七月江南

七月江南，火炉天气，懒草慵树休提。热风千里，人倦鸟无啼。向此年年有暑，今何故？闷蒸堪奇！天无语，薄云夕照，片片火烧泥。　　心移。桑梓里，暇余独步，大汗淋漓。渐村廓依林，朗月星稀。曲径道中消夏，甚是好，何必东篱。归来看，香窗竹影，灯下静观棋。

（2016 年 7 月 6 日）

【注】

① 懒草慵树：喻天气极为炎热貌；

② 桑梓：指家乡；

③ 暇余：空闲时间；

④ 渐：依次、逐渐；

⑤ 东篱：语出东晋·陶渊明"采菊东篱下，悠然见南山"句。

西江月·点滴晚来疏雨

伏夏暑重，间或点雨，虽掠地而过，亦生快意哉。故而作。

点滴晚来疏雨，数声空谷山风。小园亭角几篱丛，依旧云蒸烟重。　　且喜香荷流韵，更看淡月疏桐。云窗掩映意无穷，拥个清凉入梦。

（2016 年 7 月 31 日）

【注】

① 疏雨：小雨；

② 篱：用竹条、树枝编成的围墙屏障；

③ 云蒸：热气腾腾貌；

④ 流韵：喻流动的韵律；

⑤ 淡月：这里指月光淡淡；

⑥ 掩映：互相遮掩、衬托。

西江月·八月金风稍早

丙申初秋，东郊宾馆，读书班三日，随记一首。

八月金风稍早，一年一度加行。群贤高会入兰庭，我把言谈细听。　　笺墨香浮纸面，辞章道出分明。晚来新雨到江城，残暑初收夜静。

（2016 年 8 月 13 日）

【注】

① 加行：佛教语，这里指提升能力的行为；
② 群贤：贤达人物；
③ 高会：重要、高级别的会议；
④ 兰庭：幽雅的处所；
⑤ 言谈：这里指读书班上的各类报告、讲座或讨论；
⑥ 辞章：这里指读书班上的各类材料；
⑦ 残暑：残余的暑气。

西江月·何处最为秋色

又到莫愁湖秋荷盛开时，友人微信图传其貌。余欣然前往观之，并作此小词以记。

何处最为秋色，莫愁着尽红凝。玉姿绰约立亭亭，水佩风裳灯影。　　欲借轻舟一叶，又恐惊了蛙鸣。转身依旧栈中行，这里芳洲好静。

（2016 年 8 月 28 日）

【注】

① 莫愁：指莫愁湖；

② 玉姿：美好的仪态；

③ 水佩风裳：以水作佩饰，以风为衣裳，喻荷叶貌；

④ 灯影：灯光里的影子。

沁园春·读全唐诗

《全唐诗》前言："如果将历代诗歌比作艺术的百花园，那么在这座花园中，花儿开得最鲜艳、最繁盛、最惹人喜爱的，就属唐诗这朵奇葩了。"予这两年时间集中阅读，深受震撼。故赋此词以示心迹。

十卷全唐，万首诗长，夜伴壁光。对飞英列韵，访诗仙阁；踏昌黎印，过孟山庄。短阕长篇，铿金锵玉，击节昌龄七绝章。歌吟处，更寻阳春曲，都是衷肠。　　神来难免生狂，拍案读千年书话长。这尘编集里，惊风泣雨；神工鬼斧，幻化非常。我觉其间，与之邂逅，今古灵犀一炷香。通宵读，渐东方既白，又对朝阳。

（2016 年 12 月 6 日）

【注】

① 全唐：指全唐诗；

② 壁光：指壁灯；

③ 飞英：喻行文流畅；

④ 列韵：按韵联句作诗词；

⑤ 诗仙：李白；

⑥ 昌黎：韩愈；

⑦ 孟山庄：孟浩然，其多写田园山庄诗；

⑧ 击节：拍打桌子，叫好的意思；

⑨ 昌龄：王昌龄，王昌龄是唐朝诗人中写七绝最多的诗人，独以七绝成为名家，其所作七绝约占盛唐的六分之一；

⑩ 尘编：古典籍；

⑪ 幻化：变幻、奇异的变化。

一剪梅·扬州旅寓

千里春风千里柔，烟水溶溶，云去霞收。兰皋芳草正清明，近处离离，远处幽幽。　　燕子低回燕子楼，暖了人间，翠了村头。西湖虽瘦画船多，若问相宜，三月扬州。

（2017 年 4 月 2 日）

【注】

① 烟水：喻雾霭迷蒙的水面；

② 溶溶：宽广的样子；

③ 兰皋：长兰草的涯岸；

④ 离离：盛多、浓密貌；

⑤ 幽幽：寂静、深远貌。

一剪梅·霁色清容城廓中

江南春雨，胜景也。春雨后乃胜景之胜景也。是日雨止，碧天如洗，万物苍翠欲滴。予乘兴为记。

霁色清容城廓中，远野烟霏，楚岫吴峰。云舒云卷搅青冥，妩媚江山，爽气东风。　　漫道青皋千万重，莫说谁稀，莫说谁浓。寻常路上且徐行，昨见香消，今见飞红。

（2017 年 4 月 15 日）

【注】

① 霁色：雨后天晴的天空颜色；

② 烟霏：云烟弥漫；

③ 岫：山；

④ 峰：山峰；

⑤ 搅：搅和、翻动；

⑥ 青冥：李白《梦游天姥吟留别》有"青冥浩荡不见底，日月照耀金银台"句。这里指天空；

⑦ 青皋：郊野，山林山野，春天的水边。

天净沙·春 思

山清水秀花红，大江南北春容，雨后云涛正涌。蜂迎蝶送，窗边出水芙蓉。

（2017 年 4 月 13 日）

【注】

① 春容：春天的景色。

水调歌头·读全宋词

《全宋词》两万余首，天成高楼，自然醉人，
美不胜收。爱不释手。兴而作遣怀。

咫尺案头上，绝唱各千秋。争秾斗艳，豪放
婉约两相酬。莫道辞章易得，却是天涯行走，胸
次盖神州。跌宕易安调，郁勃幼安收。　　长短
句，曲直意，是非休。欲知远近，垂世彪炳笑王
侯。幸自仙人俗相，方有连天妙语，代代仰风流。
高致雅量处，阵阵暗香浮。

（2017 年 4 月 26 日）

【注】

① 绝唱：这里指宋词极高的艺术造诣；
② 秾：盛美、华丽；
③ 豪放婉约：宋词两大流派；
④ 相酬：唱和，酬对；
⑤ 天涯行走：指经历丰富；
⑥ 胸次：胸怀；
⑦ 易安：李清照，字易安，史称婉约之首；

⑧ 幼安：辛弃疾，号幼安，史称豪放之宗；

⑨ 郁勃：气势非凡，生机旺盛；

⑩ 长短句：这里指宋词；

⑪ 仙人俗相：这里喻指宋杰出词人；

⑫ 高致雅量：语出《三国志·周瑜传》："干还，称瑜雅量高致，非言辞所间。"指气度恢宏，情致高雅。

水调歌头·再咏读全宋词

兴未尽，步前韵，再作一阕以述怀。

咫尺案头上，璀璨几千秋。清风明月相映，长调短歌酬。或叹黄花偏瘦，或咏金戈铁马，北固望神州。更有大江唱，滚滚水东流。　　南国夜，北国昼，费凝眸。是谁皓首？穷经通义两悠悠。又是还寒乍暖，又是三杯两盏，未必气同求。欲问稼轩事，鹤伴赤松游。

（2017 年 4 月 26 日）

【注】

① 璀璨：光彩夺目；

② 长调短歌：这里指宋词；

③ "或叹黄花偏瘦"：语出李清照《醉花阴》"人比黄花瘦"；

④ 大江唱：指苏轼作《念奴娇·赤壁怀古》千古名篇；

⑤ 皓首：白头、白发；

⑥ 穷经：谓极力钻研经典古籍；

⑦ 稼轩：辛弃疾，号稼轩；

⑧ 赤松游：唐·卢照邻有"多谢青溪客，去去赤松游"句。

长夏吟·大隐无常态

夏日与胡彭同志联句十八韵

大隐无常态，清徽不二声。

结缘在长夏，展卷忘深更。

援笔成新句，抚琴曰旧名。

凉州何处有，净土应心生。

色炫青花盏，扶摇白鹤筝。

满堂清气爽，半亩小筑馨。

种竹非为雅，爱莲却是诚。

清风歌一曲，松月照星营。

218

西院泉声小，南山暑气轻。

无舟波细细，有鸟语声声。

此意平生少，一番天地明。

骈骊入妙境，阆苑咀琼英。

方寸雕龙凤，须弥纳芥粳。

鸿来更燕去，北战好南征。

随笔从容夜，钩沉寂历宬。

驰怀宜啸傲，得趣必嘤鸣。

扫叶楼前树，听鹂馆外莺。

前行邀万籁，再作砚田耕。

（2017 年 7 月 10 日）

【注】

① 骈骊：文词对仗藻饰；

② 方寸雕龙：这里指在有限的条件下尽可能发挥。方寸，心，有限的地方；

③ 须弥纳芥粳：语出纳须弥于芥子的典故，这里是指短小简单的文学作品能够包含深刻的思想；

④ 宬：藏书室；

⑤ 扫叶楼：在南京；听鹂馆：在北京。

一剪梅·带雨初收分外佳

　　金陵八月，秋雨阵阵，江城尽洗，天影横陈，好景色也。吟之成词。

　　带雨初收分外佳。一霎儿云，一霎儿霞。湖光山色翠相呼，隔岸清晖，日落还家。　　荏苒时光惊梦华。斗转星移，又见黄花。梧桐落叶舞空阶，爽气风来，秋至天涯。

（2017 年 8 月 17 日）

【注】

① 一霎儿：顷刻之间，形容时间短；

② 清晖：明净的光辉、光泽；

③ 荏苒：时光渐渐过去；

④ 梦华：追怀往事，恍如梦境；

⑤ 黄花：菊花。

忆王孙·农 家

黄花赤叶栅栏鸡，疑似三春布谷啼，细辨分明不对题。草香泥，月在阶前影在西。

（2017 年 10 月 1 日）

【注】

① 不对题：不是那么回事。

忆王孙·芦村晨见

五风十雨稻云低，露去霜来岁月移，累了农家报晓鸡。可曾知，遍遍声声除旧时。

（2017 年 10 月 2 日）

【注】

① 五风十雨：形容风调雨顺；

② 稻云：比喻稻田广大，庄稼成片，一望如云。

醉太平·秋日·书屋遣兴

暇时有余，床头有书。清风及屋徐徐，枕高观六如。　　初心自居，天教自娱。墨池走笔幽隅，等闲身若愚。

（2017 年 11 月 3 日）

【注】

① 六如：《孙子兵法》有"六如真言"；

② 幽隅：僻静处；

③ 等闲：平常。

醉太平·秋收·农家速写

寒催叶黄，风飘谷香。晚晴月照轻霜，汗衣收割忙。　　天教换妆，嘉禾满仓。农家醉在重阳，踏歌牛舍旁。

（2017 年 11 月 4 日）

【注】

① 嘉禾：生长得特别苗壮的禾稻，这里指粮食。

定风波·又见霜天菊意浓

周四，《中华诗词》杂志社胡彭同志发来大作《定风波》一首，余依韵而作。兼以咏菊。

又见霜天菊意浓，斗寒悄立夕阳中。红浅白深风骨貌，多俏，依阶低就一丛丛。　　逸致闲情休付与，归去，石头城下钓鱼翁。且约倦游三两客，难得，明朝又是各西东。

（2017 年 11 月 25 日）

【注】

① 依阶低就：指台阶上的盆菊；

② 风骨：刚正的气概，喻指菊花；

③ 石头城：南京别称。吴国孙权在石头山金陵邑原址筑城，取名石头城。

鹧鸪天·过无锡梅园

疏影梅园霜色衣，夕阳西去日迟迟。新丛老

圃花溪艳，香海方轩洞户奇。　　佳丽地，鹤云姿，金风送爽寸心驰。范蠡击棹歌明月，谢朓流连山水诗。

（2017 年 12 月 5 日）

【注】

① 香海：即香海轩，梅园古建筑，门楣之匾为萧娴女士所书；

② 洞户：梅园豁然洞；

③ 金风送爽：鲁迅《述香港恭祝圣诞》有"金风送爽，凉露惊秋"的语句；

④ 范蠡：春秋末著名政治家，辅佐越国勾践灭吴国，功成名就后急流勇退，化名姓为鸱夷子皮，经商成巨富，被后人尊称为"商圣"；

⑤ 谢朓：南朝杰出山水诗人。

鹧鸪天·修竹桑林玉骨衣

冬深犹暖，应寒未寒，当雪未雪。大雪时令日，余小作遣兴。

修竹桑林玉骨衣，冬深未见雪花飞。云随风月高高去，自语天公又误期。　　千里地，大江

西，星垂野旷万山低。使君回马皑皑日，正是农

家翘首时。

（2017 年 12 月 8 日）

【注】

    ① 修竹：茂密的竹林；

    ② 玉骨：喻指树枝；

    ③ 使君：这里指雪花。

少年游·枫桥流水

宜兴太华山村，溪菊写意。

枫桥流水，霜溪石畔，寒菊守清身。玉色年

年，腊前争发，浅韵寄新春。   无哗意，亦无

脂面，惟见月笼云。话说千般，独怀陶令，村酒

有余温。

（2017 年 12 月 10 日）

【注】

    ① 陶令：陶渊明。

西江月·素裹长亭短栅

大雪卷地，千里江南，山河一色。吴天世界，洁白如玉，寒而不俗，华而无贵。余遣兴而作，放怀也！

素裹茅亭短栅，江南竹海人家。路深难认早梅花，尽入丰年佳话。　　处处风光堪醉，垂垂玉宇凝华。读书写字自煎茶，愿住江南乡下。

（2018年1月4日）

【注】

① 吴天：喻指吴语地区。

南乡子·萼绽春容

"两会"住地北京友谊宾馆。东风骤起，天清地明。兴致作此小词。

萼绽春容，木篱修竹一<u>丛丛</u>。竹院池边花影

重，风送，又复京城红日涌。

（2018 年 3 月 15 日）

【注】

① 修竹：茂密的竹林。出自晋·王羲之《兰亭集序》"此

地有崇山峻岭，茂林修竹"。

南乡子·北国天高

北京。友谊宾馆住地所见。

北国天高，故园树上新见巢。澹荡清风三月

好，春早，香径楼头人不少。

（2018 年 3 月 15 日）

【注】

① 香径：散发花香的小路。

南乡子·白玉兰

玉树临风，琼枝斜出挑金钟。凤翥龙翔情万种，都颂，春入无瑕清气涌。

（2018 年 3 月 20 日）

【注】

① 凤翥龙翔：气势非凡。宋·项安世《送任寿朋赴襄阳令》有"潭心山顶碑何在，凤翥龙翔梦亦非"的诗句。

南乡子·樱　花

雪影缤纷，一堤高树一堤云。新植东林颜色好，来早，落地春花人未扫。

（2018 年 3 月 22 日）

南乡子·海 棠

淑态幽姿，香浓林瘦吐金丝。好个凌寒风骨体，高致，举首西园人正是。

（2018 年 3 月 22 日）

【注】

① 西园：喻中南海西花厅。

南乡子·郁金香

玉盏奇葩，暗香脉脉送芳华。白白红红沙屿下，如画，须信天然即造化。

（2018 年 3 月 24 日）

南乡子·桃　花

酥润春泥，柴门燕寻去年枝。嫩雨催花成一色，曾识，红萼生香风习习。

（2018 年 3 月 25 日）

南乡子·梅　花

多谢君来，一花引得万花开。暖树牵风春雨退，尤爱，介甫留香墙角外。

（2018 年 3 月 26 日）

【注】

①　介甫：王安石字。其"墙角数枝梅，凌寒独自开。遥知不是雪，为有暗香来"乃千古不朽之作，虽为咏梅，实是言志。故这里化为"香留墙角外"。

南乡子·梨 花

树树含烟，枝枝带雪到家园。玉面柔条春意暖，风软，拂了花农身一半。

（2018 年 3 月 27 日）

南乡子·杜鹃花

叶叶春容，吴溪侧畔映山红。曾是当年亲手种，心动，月影泱泱花道涌。

（2018 年 3 月 28 日）

南乡子·君子兰

剑叶分明，金茎玉润立亭亭。巷道深深门院

静，身正，瓣瓣含春今最盛。

（2018 年 3 月 28 日）

南乡子·琼　花

国色天香，无双亭下说无双。八萼尊前多打量，欣赏，寿者精神王者相。

（2018 年 3 月 29 日）

【注】

① 无双亭：欧阳修在扬州任太守筑"无双亭"，以示琼花天下无双；

② 八萼：琼花为八瓣花萼，有"聚八仙"之美称。

春　咏·沙村人家

细风柳路雨迟迟，

江岸沙村十万丝。

阡陌人家香杜若，

西窗独鹤挂春衣。

（2020 年 3 月 5 日）

【注】

① 杜若：香草；

② 独鹤：鹤形衣架。

春 咏·山 农

荷锄背影沐晨曦，

挖笋山翁满鬓丝。

雨后春溪独自寻，

归来已是日沉西。

（2020 年 3 月 8 日）

春　咏·雨后竹村农家仅见

新春雨过不多时，

时见窗台紫燕飞。

日照南园无一事，

壶中日月陆三姿。

（2020 年 3 月 16 日）

【注】

① 壶中日月：喻悠闲清静生活。唐·李白《下途归石门旧居》有 "何当脱屣谢时去，壶中别有日月天" 的诗句；

② 陆三：陆羽，尊为 "茶圣"。

春　咏·故里行

村烟澹澹燕飞低，

坝上春耕自扶犁。

今日闲暇还故里，

莺声碎碎不知疲。

（2020 年 3 月 17 日）

春　咏·鼋头渚

樱花照雪一湖堤，

高树低风灿灿姿。

许是今年飞鼠事，

鼋头渚上客人稀。

（2020 年 3 月 18 日）

【注】

① 飞鼠事：鼠年新冠疫情；

② 鼋头渚：无锡著名风景区。

春　咏·古城遇寒

春寒春暖两由之，

235

花枯花荣转瞬驰。

盛衰向来天作主，

知行知止即先知。

（2020 年 3 月 19 日）

春　咏·玄武湖老翁对弈

春来半月叶还稀，

暖日风和水拍堤。

玄武湖边亭上客，

全神贯注一盘棋。

（2020 年 3 月 20 日）

春　咏·沙塘柳岸峭参差

沙塘柳岸峭参差，

白鹭悠游映碧漪。

水浅芦深斜照处，

鸟窥鱼沉两相知。

（2020 年 3 月 21 日）

【注】

① 啮：这里指被水冲刷不齐的堤岸。

春 咏·江南山庄

农步荷锄日落西，

风翻夕照晚霞衣。

无尘石路花如雪，

惊见南山千亩梨。

（2020 年 3 月 22 日）

春 咏·假日江心洲所见

江洲水岸鹧鸪啼，

玉树临风雪满枝。

春渚滩头多钓客，

三三两两坐如痴。

（2020 年 3 月 23 日）

七　绝·雨后杂兴（十首）

一

雨后斜阳吾爱时，

层林尽染万千姿。

携来故旧烟霞侣，

小筑香云鹤岭西。

（2020 年 4 月 11 日）

【注】

① 烟霞侣：指一起游山玩水的伴侣、友人；

② 小筑香云：溧阳市民宿，位于南山竹海；

③ 鹤岭：仙居之地，这里指宜兴市大觉寺。

二

雨后斜阳吾爱时，

澄清玉宇最相宜。

赤霞片片东林下，

剪我三分作嫁衣。

（2020 年 4 月 12 日）

三

雨后斜阳吾爱时，

绕堤沙柳出村西。

连天麦浪凝望远，

曲水徐来豆满畦。

（2020 年 4 月 13 日）

四

雨后斜阳吾爱时，

迎风晚步宿京西。

君看几处沙塘柳，

老木春云扑面姿。

（2020 年 4 月 14 日）

【注】

① 京西：指北京京西宾馆。

五

雨后斜阳吾爱时，

吴天碧透古城姿。

一林秋叶蝉鸣晚，

夕照江头燕子矶。

（2020 年 4 月 16 日）

【注】

① 燕子矶：南京市古迹之一。

六

雨后斜阳吾爱时，

林间疏影满参差。

橘香深处栖心地，

抵掌而歌解汗衣。

（2020 年 4 月 18 日）

【注】

① 抵掌：击掌。

七

雨后斜阳吾爱时，

好风无限月中枝。

石头城外千山翠，

只是园中蝶不知。

（2020 年 4 月 19 日）

八

雨后斜阳吾爱时，

云翻远岫雁风迟。

瘦秋虽只三分色，

却入香山八月诗。

（2020 年 4 月 21 日）

【注】

① 白居易，号香山居士，其有"晓色万家烟，秋色八月树"
之句。

九

雨后斜阳吾爱时，

碧天无际彩云低。

春山石路桃花水，

爽气清明独自迷。

（2020 年 4 月 22 日）

十

雨后斜阳吾爱时，

五湖春水草萋萋。

柳桥南渡轻舟上，

依旧声声说范蠡。

（2020 年 4 月 24 日）

【注】

① 五湖：喻无锡五里湖；

② 范蠡：春秋士大夫。

七 绝·雨后杂兴（外一首）

雨后斜阳吾爱时，

浅斟低唱正相宜。

浮天水送无穷树，

倩拂蛮笺只费诗。

（2020年4月24日）

【注】

① 此为集成诗，亦作十篇杂兴之结语。"浅斟低唱正相宜""浮天水送无穷树""倩拂蛮笺只费诗"，皆出自辛弃疾诗句。

采桑子·京城一夜连绵雨

5月23日，北京夜雨。晨起外出探望友人，即景吟哦。

京城一夜连绵雨，洗了长空。倦了天公，十

243

里长街非旧容。　　燕山脚下江南客，一介书翁。两袖牵风，兴在西郊赋友中。

（2020 年 5 月 23 日）

【注】

　① 赋友：辞赋界的友人。

忆秦娥·走天涯

　　走天涯，远山近水天边霞。天边霞，秦关策马，书剑交加。　　晚来风缓无纷哗，浊清两去江南花。江南花，斜阳在砌，雨后人家。

（2020 年 5 月 30 日）

渔家傲·篱外几枝东坡竹

周日山居，伴书而眠，填此长短句遣怀。

　　篱外几枝东坡竹，临溪绿隔农家屋。依约归

来尘仆仆。投一宿，风清月白春眠足。　　小院

阶前流碎玉，谢家门口蟠桃熟。最是故园无旧俗。

荣与辱，夜来重把红楼读。

（2020 年 6 月 14 日）

【注】

　　① 红楼：即《红楼梦》。

七　绝·重读红楼（十首）

一

莫道红楼儿女长，

休言满纸入无常。

任凭前向千般说，

终是缝裁自度量。

（2020 年 7 月 24 日）

【注】

　　① 无常：佛教语，指世间万物都处生灭变幻之中。

二

假语销魂半掩门，

欲根逼散两昆仑。

君心似水谈千古，

夜雨敲窗斗室人。

（2020 年 7 月 26 日）

【注】

① 假语：喻贾雨村；

② 欲根：物情两欲的根子；

③ 两昆仑：喻荣国府和宁国府；

④ 斗室人：喻作者曹雪芹。

三

百二章回似奕棋，

春秋笔法白鸠辞。

老庄儒释琵琶语，

恐是逍遥最切题。

（2020 年 7 月 28 日）

【注】

① 白鸠辞：语出李白古诗。喻白鸠鸟形象高洁，痛陈口是

心非，贪婪残忍；

② 老庄儒释：《红楼梦》书中，儒释道三种思想纷呈；

③ 逍遥：道家倡逍遥无为；

④ 恐是：恐怕是。

四

已知带病苦难行，

更见君心恨不平。

两府分明家国事，

借来假语隐真声。

（2020 年 7 月 30 日）

【注】

① 君：喻《红楼梦》作者；

② 两府：荣国府、宁国府；

③ 假语：喻贾雨村。

五

悲悲戚戚断肠人，

暖暖寒寒一孤根。

本是河边干净草，

只缘偿债落红尘。

（2020 年 7 月 30 日）

【注】

　① 孤根：喻林黛玉身世，父母早丧；

　② 干净草：林黛玉前世为灵河边上的一棵绛珠草；

　③ 偿债：指林黛玉以泪还债的报恩行为。

六

昨宵为搏千金笑，

今日香房撕扇多。

许是幽王新秀色，

春妆儿女带沉疴。

（2020 年 8 月 2 日）

【注】

　① 千金笑：语出"千金难买一笑"。 明·汤显祖《紫钗记》第六出有"道千金一笑相逢夜，似近蓝桥那般欢惬"的语句；

　② 撕扇：晴雯喜听撕扇子之声，贾宝玉遂将一堆名扇供其撕玩；

　③ 幽王：周幽王，有"烽火戏诸侯"之说；

　④ 沉疴：重病。

七

锦园虽有万千姿，

无奈宸游只一时。

苦意留春春不住，

抽身退步步难移。

（2020 年 8 月 3 日）

【注】

① 锦园：大观园；

② 宸：皇帝住所，这里指元妃游大观园；

③ 抽身：曹雪芹《恨无常》曲中有"须要退步抽身早"句。

八

富贵闲人锦绣郎，

离经叛道读文章。

悲声笑语青春泪，

冰炭二重置我肠。

（2020 年 8 月 8 日）

【注】

① 富贵闲人：薛宝钗对贾宝玉的戏称。

九

十二金钗若有知，

世人难敌是非辞。

当年荣辱随风去，

今日摇头不算迟。

（2020 年 8 月 11 日）

十

百年穿越觅知音，

举世无双述古今。

点检人间多少事，

玉壶俗骨一同斟。

（2020 年 8 月 11 日）

【注】

① 觅知音：《红楼梦》有"都云作者痴，谁解其中味"之句，这里顺其意而化用。

七 绝 · 重读红楼（外一首）

举世无双一卷书，

百年穿越古今殊。

若非他日寻芳遍，

何有案前岚翠浮。

（2020 年 9 月 9 日）

【注】

① 此首为十题红楼之结语篇。

七 绝 · 咏 菊（五首）

步前韵

一

秋风一夜北江来，

旧圃新篱带露开。

叠叠清姿披淡泊，

为君含笑到高台。

（2020 年 9 月 11 日）

二

篱边昨夜故人来，

风递幽香对面开。

露湿寒花山寺静，

倾情一伴读书台。

（2020 年 9 月 12 日）

【注】

① 寒花：菊花；

② 读书台：镇江竹林寺昭明太子读书处。

三

丛丛浅淡水边来，

影过回廊出没开。

采得临栏花一束，

寄思南廓雨花台。

（2020 年 9 月 14 日）

【注】

① 雨花台：南京市烈士陵园。

四

霜花雪叶蝶难来，

素面冰姿昨夜开。

不是凄凉遭薄俗，

只因芳尽别高台。

（2020 年 9 月 15 日）

五

墨翻寒叶细香来，

舞雪回风四海开。

自有陶令千古吟，

秋花便跃最高台。

（2020 年 9 月 18 日）

【注】

① 陶令：陶渊明，有"采菊东篱下，悠然见南山"诗句；

② 秋花：菊花。

望江南·秋　花

黄叶下，寂寂老秋风。别语村边留晚照，天高菊吐月栏中。怒放一丛丛。

（2020 年 10 月 9 日）

望江南·秋　收

霜满地，最苦是田农。白发耕耘沙坝上，轻寒薄雾稻香浓。煮酒话年丰。

（2020 年 10 月 9 日）

望江南·秋　雨

停又续，滴滴到黄昏。老眼怅望尤念远，南
山翠减少行人。窗下是云根。

（2020 年 10 月 10 日）

望江南·秋　枫

无巧拙，依旧叶纷纷。非是盆中纤细物，寒
山抱石缝间根。篱菊不如君。

（2020 年 10 月 12 日）

望江南·秋　霁

新雨后，晚照正清秋。寒翠江山成一色，白
云弄影去悠悠。驱车下扬州。

（2020 年 10 月 13 日）

望江南·秋　月

　　闻笑语，人约柳边舟。夜入秦淮银世界，临风对水月如钩。钓出古今愁。

（2020 年 10 月 15 日）

【注】

　　① 宋人京镗《定风波》，有"眼高照破古今愁"句。

望江南·秋　荷

　　风欠软，雨过燕塘浑。昨日芳容全不见，参差玉梗了无痕。岁换不由人。

（2020 年 10 月 17 日）

望江南·秋　影

　　云影动，树下一溪风。岸边听鸟休寄语，秋

容妖媚桂花浓。邂逅水乡中。

（2020 年 10 月 20 日）

望江南·秋　雾

霜路上，沙屿竹林风。鸡犬声闻人不见，坝头迎面认尊容。相顾歧途中。

（2020 年 10 月 22 日）

【注】

① 歧途：这里指岔路。

望江南·秋　思

桃叶渡，老宅石坊留。虽有门前吴氏柳，但无南浦载情舟。缺了古风幽。

（2020 年 10 月 23 日）

【注】

① 桃叶渡：金陵古名胜，相传王献之经常在渡口接送爱妾；

② 老宅：清吴敬梓故居，桃叶渡遗址；

③ 吴氏柳：指吴敬梓门前的柳树。

诉衷情·窗前目送岭头云

窗前目送岭头云，天地一闲身。禁园黄犬独吠，莫要把愁生。　　垂两袖，抖飞尘，有余温。清风伴我，明月送客，轻掩篱门。

（2020 年 11 月 8 日）

七　绝·再读《红楼梦》随笔（十首）

步前韵

一

不尽红楼筑梦中，

悲欢离合有谁同。

宁荣两府今何在，

故处空留寂寂风。

（2020 年 11 月 10 日）

二

不尽红楼筑梦中，

满园空翠月华同。

为君谈笑清芬揖，

羽客箴言隐隐风。

（2020 年 11 月 12 日）

【注】

① 羽客：道士，常说隐晦之语。

三

不尽红楼筑梦中，

是非荣辱岁寒同。

分明是说兴衰事，

却道情痴侧侧风。

（2020 年 11 月 13 日）

四

不尽红楼筑梦中，

朝花夕拾古今同。

海棠诗社青春会，

三菊怡人淡淡风。

（2020 年 11 月 15 日）

【注】

① 海棠诗社：探春发起的大观园诗社；

② 三菊：指黛玉写的《咏菊》《问菊》《菊梦》三首诗，为大观园十二首菊花诗之冠。

依前韵

五

不尽红楼筑梦中，

人须有鉴整衣容。

夜来三读灯台下，

拾得余香莫说浓。

（2020 年 11 月 16 日）

六

不尽红楼筑梦中，

箫心剑气数曹公。

笔携风雨千般去，

行到心边知己逢。

（2020 年 11 月 18 日）

【注】

　① 曹公：曹雪芹。

七

不尽红楼筑梦中，

含春凡鸟太匆匆。

芳菲昨日凋零去，

冷暖人生快似风。

（2020 年 11 月 20 日）

【注】

　① 凡鸟：《红楼梦》王熙凤的判词为"凡鸟偏从末世来，都知爱慕此生才"。鳳，凡鸟也。

八

不尽红楼筑梦中，

梅词菊句吟高风。

须知今日温柔子，

竟是来年释侣公。

（2020 年 12 月 2 日）

【注】

① 梅词菊句：谓海棠诗社以"梅菊"为题赋诗；

② 释侣：佛教信徒，这里指宝玉出家为僧。

九

不尽红楼筑梦中，

痴情傲骨两相同。

人间百态擦肩去，

雪后清寒满袖风。

（2020 年 12 月 4 日）

【注】

① "雪后清寒满袖风"句，喻曹雪芹写作时的生活状态。

十

不尽红楼筑梦中，

斑斓画卷染东风。

带霜归客如相问，

我以清心读一冬。

（2020 年 12 月 6 日）

【注】

① 此首为三读红楼之小结篇。

踏莎行·一水平分

友人相邀，暇日荷锄于霜畦。

一水平分，西村夕照，堤边豆瓣青苗小。农家老圃植纤条，荷风担雨姑和嫂。　　待得春回，垂丝拥道，隔篱逢得归啼鸟。须知节令好催人，物华天适休言早。

（2020 年 12 月 12 日）

踏莎行·初 雪

依前韵

风卷寒云，江南雪早，千林落木芳菲少。吴山远韵百千般，隋堤近处低飞鸟。　　缓步归来，冬衣换了，此中幽趣同谁道。门前指得向南枝，笑留清瘦梅花照。

（2020 年 12 月 30 日）

江城子·斜阳影里竹莺鸣

元旦，北园散步即景。

斜阳影里竹莺鸣。步轻盈，几多情。草间残雪，好似满天星。佳节风和蕉叶稳，新上月，夜安宁。

（2021 年 1 月 1 日）

江城子·斜阳影里赤霞明

元月二日，江心洲遇钓客。步前韵戏作。

斜阳影里赤霞明。水波清，岸风迎。钓人踏雪，独对一竿情。夜色满江游客在，灯隐隐，汐潮生。

（2021 年 1 月 2 日）

春　行·陪老伴回滕村

东风伴我故乡行，

沙岸桥边柳陌横。

莫问遣兴何处好，

石头城外已春耕。

（2021 年 2 月 16 日）

附：北京友人诗一首

七　绝·寄定之老友

步　韵

春寒料峭北京城，

老友桑梓折柳行。

同是新桃景各异，

嫣然含笑待群英。

春　行·家山写意

村头薄雾小桥横，

几处春莺隔树鸣。

家住河西人未见，

轻烟散入水边亭。

（2021 年 2 月 19 日）

春　行·江南新孟河堤上

长河百里波如练，

水国云乡别有天。

最是消寒春雨过，

夕阳西照柳凝烟。

（2021 年 2 月 19 日）

【注】

① 新孟河：长 116 余公里，北起武进长江口，南经宜兴入太湖。

春　行·南京梅花山

逶迤登临喜可知，

风和日丽步迟迟。

钟山脚下流霞处，

怒放梅花十万枝。

（2021 年 2 月 22 日）

春　行·植物园

春来冬去度芳姿，

大道循环自有期。

偏薄余寒留不住，

子规声里立多时。

（2021 年 2 月 22 日）

春　行·栖霞山寺

曲径通幽柳带风，

石池春水碧溶溶。

栖霞今日门虽静，

依见香台烛照红。

（2021 年 2 月 22 日）

春　行·春日见梅再写意

清冽梅英似玉容，

红红白白醉春风。

前身本在瑶台住，

只是归迟屈此中。

（2021 年 2 月 23 日）

【注】

①"前身……"句，语出《红楼梦》薛宝琴吟梅诗。相传梅花原为天宫之物，后因醉酒人间而贻误归程，从此沦为人间花种。原有倒了霉的花之说，后人避讳改称为梅花。

春　行·故地重游

夕阳影里未归人，

二月梅园不闭门。

花色撩人知几许？

拍肩转出自由身。

（2021 年 2 月 23 日）

春 行·途中小歇

梅柳枝头暖亦寒，

水清溪浅雨中看。

朱栏九曲新亭下，

几上茶汤不一般。

（2021 年 2 月 25 日）

春 行·吴门遇雨

昨日家山今日还，

柳枝新染别余寒。

朝来一阵滋春雨，

洗尽凡心仔细看。

（2021 年 2 月 25 日）

咏桃花之一

阳春三月又逢君，

笑面盈盈草映身。

休问北来南往客，

雨停风住自无尘。

（2021 年 4 月 10 日）

咏桃花之二

《桃花源记》题句

武陵源上梦游身，

寄畅分明也动人。

虽是虚言惊后辈，

君心可鉴亦酸辛。

（2021 年 4 月 10 日）

【注】

① 武陵：《桃花源记》捕鱼人；

② 寄畅：王羲之有"取欢仁智乐，寄畅山水阴"句。

七　绝·五一旅寓灵山

一窗春水半壶茶，

两卷闲书伴晚霞。

非是退翁人寂寞，

不堪攀折走天涯。

（2021 年 5 月 4 日）

七　绝·雨后灵山好物华

五月四日上午，与国平先生倘佯鹿鸣谷。

雨后灵山好物华，

鹿鸣深处小溪斜。

望中玉树应无数，

不及台前般若花。

（2021 年 5 月 4 日）

【注】

① 鹿鸣谷：无锡市捻花湾的一处山谷，相传唐僧天竺取经归来放鹿于此，故得名；

② 般若：佛教术语。

步韵敬和梅岱同志诗

一

故人薪火试新茶，

我以金刀剪晚霞。

昨夜归来生感慨，

无情咫尺亦天涯。

（2021 年 5 月 18 日）

二

捻花湾畔小山茶，

燕子矶头片片霞。

春水载歌歌一曲，

我将吴语送天涯。

（2021 年 5 月 18 日）

附：梅岱同志诗作

和定之同志《五一旅寓灵山》(二首)

一

灵山圣水煮春茶，

摘句寻章醉晚霞。

胸有乾坤甘寂寞，

诗家豪气在天涯。

二

闲来携友品新茶，

坐爱灵山赋晚霞。

白首逢春轻感慨，

诗情不负走天涯。

七　绝·秋日篱边涧水流

立秋二日，栽种归来，随作以记。

秋日篱边涧水流，

虚亭竹院晚风柔。

太华山下荷锄去，

无事催人即自由。

（2021 年 8 月 8 日）

调笑令·沙苑湖上

秋早，秋早，舟傍湖中小岛。芰荷出水风摇，

清光露重树高。高树，高树，远处吴山可睹。

（2021 年 8 月 10 日）

调笑令·旅　思

秋早，秋早，雨过山村夕照。黄花满径浮香，芬芳自有短长。长短，长短，蝶送蜂迎一段。

（2021 年 8 月 11 日）

调笑令·途中随笔

秋早，秋早，寒入江南悄悄。江枫会意寥寥，垂杨翠减叶凋。凋叶，凋叶，算是高姿一别。

（2021 年 8 月 12 日）

调笑令·吴溪见菊成咏

秋菊，秋菊，露沁篱边馥馥。疏疏淡淡随风，阿媚自有蝶蜂。蜂蝶，蜂蝶，朝暮寻香不绝。

（2021年8月16日）

最高楼·话　秋

清寥处，临水对秋芦。天阔野云舒。桂香留客登高处，农家山后万千株。小蜻蜓，随粉蝶，绕吾庐。　　莫笑我，风牵暖意树。莫问我，凉生时节雨。莲结子，性真如。月光如雪成三影，夜间庭静煮江鲈。竹敲窗，人未寐，醉相呼。

（2021年8月19日）

【注】

① 真如：佛教语；

② 三影：宋词人张先，人称张三影。这里指月影、树影、人影。

七　绝·判词诗谶最牵魂

余以为《红楼梦》第五回乃全书之精华，周日再读并作此绝句。

判词诗谶最牵魂，

首首名重不露身。

虽说梦中虚幻事，

惊醒却是往来人。

（2021 年 10 月 10 日）

【注】

① 判词：《红楼梦》对书中主要人物命运的一种隐讳总结；

② 诗谶：诗中预示后来发生的事。

采桑子·秋来夜半难停手

习作书法偶成句

秋来夜半难停手，咫尺天涯，朱墨交加。老腕澄心少丽华。　　丹青自会兰亭面，曲直无邪，粗细流霞。晋帖宗师认一家。

（2021 年 10 月 15 日）

【注】

① 兰亭：指王羲之字帖《兰亭集序》；

② 曲直、粗细：指书法笔法；

③ 晋帖：晋人的书迹、刻帖。

鹧鸪天·又到秋深岁月寒

今日霜降节气，有感。

又到秋深岁月寒，红花已去少斑斓。吴山楚水霜天色，翠柏纤云映古坛。　　堪忆处，冷香丸，物华凝出有千般。何时又得迎春雪，撒向人间十万欢。

（2021年10月23日）

【注】

① 冷香丸：《红楼梦》书中薛宝钗服去"热毒"的奇丸。此丸用春天的白牡丹、夏天的白荷兰、秋天的白芙蓉和冬天的白梅花各十二两，加霜降日降的霜、雨水日下的雨水、白露日下的露水和小雪日落的雪调制而成；

② 物华：万物之菁华。

鹧鸪天·天幕垂垂短棹横

今日立冬节气，阴雨。江洲归来，写真以记。

天幕垂垂短棹横，潇潇冷雨鸟无声。路间枫

叶摇摇去，一色寒姿瘦影生。　　穿小径，曲中行，远望村口是归程。秋风换作冬风至，树上巢空始觉惊。

（2021 年 11 月 7 日）

鹧鸪天·不见飞虫不见鸿

今日小雪节气，天气晴和，随笔。

不见飞虫不见鸿，村前旧圃落残红。江南寒浅斜阳暖，北国冬深瑞雪浓。　　千里远，节分同，天公润物悄声中。清霜瘦月山窗下，我作新诗待信风。

（2021 年 11 月 22 日）

【注】

① 鸿：鸿雁；

② 节分：节令；

③ 悄声：细语；

④ 信风：由纬度高向纬度低吹送的东北风，这里喻雪。

鹧鸪天·题江洲岸菊

休道斜阳入水中，莫言江畔夕阳红。堤边野菊年年有，只是枝枝岁不同。　　非逸峭，也芳容。轻姿低曳藉西风。归来俯首闻花气，捧个沁心暖一冬。

（2021 年 12 月 3 日）

【注】

① 逸峭：超逸峻峭。

七　绝·吴村冬日见录

何须春至睹芳容，

依见南墙月季红。

逸动无疑香气在，

枝枝斜插小窗东。

（2021 年 11 月 16 日）

点绛唇·古道钟山

周日有暇，余偕友人至东岭下，见林壑舍
亭风物依旧，甚逸，随作，寄趣矣。

古道钟山，暖风晴日穿林过。落霞云朵，掠
影寒江左。　　小憩农家，尝个时蔬果。休笑我。
去年酬和，曾在前堂坐。

（2021 年 12 月 14 日）

【注】

① 江左：江左侧岸；
② 酬和：以诗词酬唱应答。

一剪梅·金陵壬寅初雪

玄武楼头燕未回。城廓凝寒，好雪相催。舟

横石岸向人言，近也皑皑，远也皑皑。　喜此江山春信来。择日还乡，尽入芳台。眼前正月亦无它，唯见墙梅，迎着君开。

（2022 年 2 月 7 日）

【注】

① 玄武：玄武门城楼；

② 春信：春天的信息。

天仙子·春日遣兴（十首）

一

春径莺啼雨里听，新出蒌蒿绿盈盈。村头风软晓烟轻，路漫漫，正清明，夜宿江南甘露亭。

（2022 年 3 月 13 日）

【注】

① 甘露：镇江甘露寺，因建立于东吴甘露元年（256 年），故名。在小说《三国演义》中，是刘备招亲结识孙尚香之地。

二

依前韵

月放舟头夜夜明，桨影秦淮处处灯。暖风剪剪觉身轻，推座去，探春行，未必杜郎有此情。

（2022 年 3 月 14 日）

【注】

① 剪剪：晚唐·诗人韩偓有"恻恻轻寒剪剪风，杏花飘雪小桃红"诗句，形容轻风迎面；

② 杜郎：晚唐·诗人杜牧，著有《泊秦淮》。

三

新得宽余联袂行，竹西亭下杜鹃迎。低回唤我一声声，雨已去，晚风晴，春涨江头潮已平。

（2022 年 3 月 15 日）

【注】

① 联袂：一起；

② 潮已平：宋·林逋《相思令·吴山青》有"江边潮已平"的词句。

四

料峭春寒烟水横，柳态非是一夜生。经年方得绿绦成，风乍起，万千情，人过钓塘步亦轻。

（2022年3月15日）

【注】

① 柳态：春柳形态。

五

本是月中北国行，无奈新冠不消停。休言绿码尚分明，疫未绝，待清零，内外兼修国自宁。

（2022年3月16日）

【注】

① 全国政协提案委员会定于3月16日，在京开会讨论提案工作。为落实首都疫情防控要求，李智勇主任批准京外同志不与会，余作此小词以记之。

六

古巷新亭坐水滨，近人春色已十分。莺啼隔

285

岸不时闻，杏雨过，一番新，杨柳含烟到柴门。

（2022 年 3 月 17 日）

【注】

① 杏雨：指春雨。

七

晚间，友人微信相告北京大雪。余闻之即书，小记此事以备考，并承昨日诗韵写之。

暮雪纷飞无意闻，料峭春寒酌一樽。移时节物与谁论。灯火夜，到清晨，银界回天日又新。

（2022 年 3 月 18 日）

【注】

① 樽：酒器；

② 移时节：指过了一些时间。金·董解元《西厢记诸宫调》卷八有"移时节，方认得是两个如花女"的语句。

八

旧游寓山村农家，为友人题照。依前韵。

雨后云霞色最深，春寒虽浅亦困人。风吹流

水对家门。兰玉在，暗香闻，向晚南望恰似君。

（2022 年 3 月 19 日）

九

依前韵

放眼江南春意深，紫燕对对今又临。清和院落小庭花，连夜发，扑衣襟，漫向窗边直沁心。

（2022 年 3 月 23 日）

【注】

① 紫燕：也称越燕，体小，领下呈紫色，故名。

十

昔日淮北黄泛区杂草丛生，生态环境和耕植条件持续退化，百姓生活艰难。伴随改革开放大潮以及农村结构调整和产业转型加快，如今这一带已呈现勃勃生机。依前韵。

春入长淮柳色新，西堤风暖水连云。如今沙去了无痕，黄泛地，亦翻身，垄上耕勤家不贫。

（2022 年 3 月 24 日）

写在后面的话

感谢各位领导、朋友，是大家不断地鼓励和鞭策，才使我鼓足勇气，将这几年的习作结集付梓，捧到各位面前，并敬请批评指正。

熟悉我的领导、朋友大概都了解，除了工作之外，我并没有其他醉心的事，如果说有点什么爱好，就是不时地读一点书、收集一点资料。我过去有一个剪报习惯，别的东西记不住，哪里有一篇好文章，登在报纸第几版，我一般记得不会错，直到电脑走进办公室才不剪报。我也确实比较喜欢读诗词，手提包里除了工作笔记本外也常常有一本诗词放在里面。《全唐诗》《全宋词》等，我都一一读过，有的是反复读过多遍。"熟读唐诗三百首，不会作诗也会吟"，对这句话也有切身的体会。真正写诗词是我在海南工作期间，在广东一位领导同志的感召

288

下开始的。退出一线工作岗位后，属于自己支配的时间多了，因此读与写、感与思、吟与诵就成了日常生活的一部分。以文会友，遣兴比赋，致力微言，沉浸其间竟也乐此不疲。如此一段时间下来，也写了四五百首。当然，我深知自己才疏学浅、德薄能鲜，这些习作既谈不上什么体系，也缺乏精细打磨，多是鄙言累句，纯属敝帚自珍。

古人讲"文以载道""诗以言志""词以境界为上"，中国古典文学向来也有这样的传统承袭。说实话，"载道、言志、境界"，这三者之间是什么关系？有何区别，又有何联系？凭我的学识是说不清楚的。我徜徉其间或沉醉其中的一个出发点，或者是获得的一个认知是：诗词养性情，诗词涵养真性情。纵观古往今来林林总总的诗词，其中不乏闺怨吟咏、新愁旧恨、惆怅徘徊甚至伤感呻吟之作，但大多诗词作品特别名篇名作，都是作者自身情感、姿态、品格的传达。或热烈壮阔，或盘旋沉郁，或旷达深远，或凝望委婉，都是作者思想、修养和情怀的抒发，都是对生命生活的感动、生发而成的一种"微言"阐释和写照。在这样的精神世界里流连忘返不能不说是一件人生快事。叶嘉莹先生曾经说过，真正伟大的诗人，都是在用自己的生命来写作自己的诗篇的，都是在用自己的生活来实践自己的诗篇的。的确是这样，通过阅读和欣赏，我们可以感受到诗人的襟抱、修养和心灵，感受到诗词中所蕴含的智慧和高尚，和由此传递出来的种种沁人芳馨。我习作诗词，不敢说是建筑在这样的基础上，也不敢说自己对古往今来伟大诗人、伟大作品有了深刻的理解和把握，但我确实感到这一点非常重要，并不断地提醒自己朝着这个方向努力。我写过景，状过物，骋过情，发过悲慨，唱叹过雄杰豪迈，甚至也鞭笞过落后。一首诗，一阕词，不论是长调是短句，也不论是所谓"豪放"与"婉约"，我都努力从感动出发，在字里行间注入感悟、情怀和美好，提炼出正能量，带来愉悦和享受，感受到健康和向上。写到这里，我有几句话要说一下：诗词是美好的，习作诗词是辛苦的，徜徉在诗词这个天地里又是快乐的。"诗人最苦"，诗人是"戴着镣铐跳舞"，写作诗词之辛苦只有其本人才最懂。诗词不会辜负喜爱她的人。诗词养性情，被诗词熏陶、涵养、浸润可以走进美轮美奂的自然画卷，可以穿越心灵的藩篱，迈入随缘自适、回归初心的彼岸世界，"诗词中有生生不息的力量。"

这本集子是我一段时间来工作生活的一个记录，囿于水平，不足之处一定是不少的，敬请领导和朋友们提出批评意见。

在这里，我要特别向叶小文主任致谢！他是一位心怀家国、博学多闻又挚爱音乐的领导干部。小文主任以他的满腔热情和无私关心，为我提供了很大的帮助，不厌其烦在全国政协国学读书群、潇湘新咏和委员读书漫谈群中多次推送介绍本人诗作，接受大家点评。叶嘉莹先生乃国学泰斗是诗界昆仑。今年四月，我托请臧献甫主席转呈了诗稿，并敬请叶先生指正。百岁高龄的她持放大镜一一看完，并给予了很大的勉励，这使我深为感动。俞津馆长、郦波教授对本人诗稿也作了指导，值此付梓之际，我向他（她）们表达由衷的感谢和敬意。同时，我要对全国政协读书群指导组和中国文史出版社给予的支持和帮助一并致以最诚挚的谢意。

蒋定之

2022 年 8 月 9 日

图书在版编目（CIP）数据

以诗词养性情 ： 蒋定之诗词选 / 蒋定之著. -- 北
京 ： 中国文史出版社，2022.10
ISBN 978-7-5205-3729-2

Ⅰ . ①以… Ⅱ . ①蒋… Ⅲ . ①诗词－作品集－中国－
当代 Ⅳ . ①I227

中国版本图书馆 CIP 数据核字(2022)第 176168 号

责任编辑：全秋生

出版发行：中国文史出版社
地　　址：北京市海淀区西八里庄路 69 号　　　邮编：100142
电　　话：010－81136602　　81136603　　81136606　（发行部）
传　　真：010－81136655
印　　装：北京柏力行彩印有限公司
经　　销：全国新华书店
开　　本：787mm×1092mm　　1/16
印　　张：21.5　　字数：340 千字
版　　次：2023 年 1 月北京第 1 版
印　　次：2023 年 1 月第 1 次印刷
定　　价：78.00 元